敬斋
当代古典体诗词丛刊

清風吟翠

林东海 著

岳麓書社·长沙

序

陈允吉

若夫先哲缀辞吐属，俟襟抱之抒宣；抽绪创讴，惟意兴之惬适。陶染乍凝，感通幽契，在心为志，出口为诗。摄之以宫徵，声律孔谐；调之以盐梅，性分攸显。因故才士挥毫，辄尚气迅振其壮采；学人泚笔，恒富言赡注其内涵。良由资材异禀，养术各彰，浸假推沿，固难移换。设遇擅家酌取两端，爰归一辙，纵尚气而无妨蕴藉，任富言而愈觉森严，殆宜彼必当统括互殊之能手，该苞才学之隽俦矣。

林兄东海挺生泉府，被化芸台，早馨诗道，妙善丹青。揣摩物色，敏行备悉于黉庠；薄发天机，慧辩夙知于坊里。俊迈韶华，本真少作，但凡欣然有得，率皆宛转可讽。弱冠羁沪，访书市肆，秉烛邯园，醴挹春波，闳恢素业。呈劖雕藻绘之功，彬焉堪赞；续营构沉吟之好，卓尔不群。所作或施记叙，或付赓扬，大抵词格清新，风标遒逸。叩玉玲玲，叹审音之比协；串珠历历，讶使典之练娴。迨及北上谋身京邑，履职人文，儒雅中区，敦诗者众。聂公绀弩主会友传观，用供磋切；周子汝昌喜投笺代简，期致唱酬。兄遂诚交时辈，礼待老苍，乐此嘉薰，勤于实践。一札一翰，欲令思维快捷；一觞一咏，务求工力提升。嗣间探寻之旅，蹑踪太白，考赜遗存，涉类稽疑，牵缘结韵。坐啸楼头，念孤云问其何去；踏歌潭岸，眷红雨邀其复来。察量实地，辟探汲之途径；印证原篇，甄文明之载体。至于摩石梁、写庐阜、图剡溪、状秋浦，造其境而江山助，虚其膺而景象垂。又岂止曲昭形貌，齐挈精神乃已；又足称方轨前修，仪型继进者也。寝乎晚近荣休，益恣旷放，揽寰球之绝胜，蹈李杜之旧蹊。宾朋庆聚，吹埙鼓瑟之初；乡土欢娱，接席引杯之际。俯仰起居，往还赠答，遍诸举措，迄不离诗。是以汇拢屉稿，厥宗正指二贤；蒐纳锦囊，期数克逾千首。犹茂树之繁花，似丰年之积玉，奂轮郁鞅，猗欤休哉！

余与林兄昔依旦苑，编列同班，开窗则纤月入怀，就枕则夕潮盈耳。综艺弥纶，博衍如君罕匹；寡闻仄陋，空疏俾我常惭。猥评佳什，嗟赏迭加；熟诵警联，钦迟曷限。愿借吉光，试为片羽，直榜趋从之旨，甘输慕效之忱。自零叶飘飞遽别，悬隔杂尘；须泛萍止泊稍安，甫聆消息。旋后频致信函，屡贻裁著，既蒙厚贶，倍见高情。荧煌星岛，临筵而徐动嘤鸣；邂逅鹿城，据座而独耽赋咏。惠示摘抄，每全倾其真趣；久驯癖习，乃极挚于颓龄。愚谓兄之所吟乃学人诗也，故思理邈绵；亦才士诗也，故慧锋颖脱。如是辐凑相承，和衷共济，果能该苞才学，统括互殊。尽教作品语言饶富，俪辞偕壮采并流；蕴藉湛深，气势与意涵俱骋也矣夫。其制顷承纪公、薛公延誉荐达，铨录『敬斋』；经兄裒合选搴，锡名『吟萃』。辑集随将刊布，责余具草弁言。荷兹重托，谨撰短章；规拟斯文，聊充喤引。冀以粗陈梗概，远慰劬劳云尔。

2015 年 9 月

于复旦宿舍蕉叶梅花行馆

目录

忆牧

1954 年春

家有母牛一头，上小学期间，常上山放牛。牛去吃草，群童或嬉戏，或到山泉边捉小虾，或躲进树林中弄短笛，午时到白云寺吃稀饭，亦颇悠然自得。进入初中，学写诗，即以此为题，凑成四句。

高山放牧似仙童，短笛无腔响碧空。

万壑千峰随踏遍，松林闲卧赏光风。

登山远眺

1955 年春

初中期末考试复习，常携书上山溜达，俯视山城四周山水，引发诗兴，赋成七绝一首。

青如罗带水东流，浩淼烟波一叶舟。
鸥鸟乱飞争绿树，闲云舒卷自悠悠。

山村夜景效顶真格

1956 年秋

曾背诵一首不知作者之半顶真格中秋诗曰：『中秋佳节正堪期，月下弹琴念古诗。寺远不闻钟鼓便，更深方见斗星移。多少神仙来聚会，人无我辈不投机。几时来到桃源洞，同与仙人下局棋。』中二联不对仗，且下半失黏，然自觉有趣，因学赋全顶真之作。

幽静山村夜气清，清溪流水水流声。
声闻四野凉风送，送去浮云见月明。

明夜野田弥浅浪，浪花传语报安宁。

宁时处世常欢乐，乐在卧看北斗星。

白云山远眺感怀

1957 年春

无事上白云寺一游，一路观赏山上风光，浮想联翩，吟成七律一首。语文老师颇为赞赏，因大增作诗兴趣。

茫茫云水向天横，脉脉江山蕴古情。
汉武开边民尽怨，慈禧蒙耻国何清。
千年盘石能推倒，万世桃源望作成。
众智共施新社稷，百花齐放百家鸣。

与世福、木兴临别夜游泉州乐园

1957 年秋

赴泉州参加高考，考毕，与吴世福同学同访世福初中同学倪木兴。住倪家游玩三天，临别前夜，同游泉州青年乐园，赋诗一首。

寂寞乐园抵夜阑，拱桥兄弟正凭栏。
萧萧竹叶摇风影，闪闪波光漾月盘。
一别依稀如落日，三分迢递限云山。
无言共对清辉景，圆缺阴晴感万端。

戏赠吴君向

1957年秋

乡人吴向，好打鸟，鸟枪失火，射坏双目，从此失明。喜欢听戏，而后讲述故事，颇能吸引茶客，其茶座自无冷落之忧矣。戏题一诗赠之，或鼓舌谓诗讥其失明，即从墙上摘下。

十八青春目失明，世间万物向幽冥。
山川色丽皆无意，戏曲声悠信有情。
行路随身杖一拄，卧床倾耳鼓三声。

闲时信口谈今古，自乐自哀过此生。

忆旧书怀

1958 年春

南安中学上初中，在县城里与同学合租破旧小楼，木板墙四面通风，冬天挂满粮店房东的麻袋，被薄也加上麻袋，暗淡阴寒，颇为艰苦，却能坚持于小油灯下读书。高中住进学校，回忆初中情景，黯然自伤，吟成一诗，大学一年级改定。

青灯半点挂床头，破席麻衾暗小楼。
淡粥三餐非易得，残书一卷复何求。

自怜身世萍翻雨，谁解壮心浪激流。
砥砺经年频看剑，长川欲济俟方舟。

戏赠王先生台略

1958 年春

王台略先生，自印尼归国，独开小店一爿。闲时好吟诗，时有佳句，以此与余结忘年交。处失偶之独，却未续弦，故戏赠一律寄慰。

红叶飘风扫颓秋，那堪弦断引离愁。
衾寒冻骨由谁问，衣破侵肌但自忧。
莫使时光空九逝，更将琴瑟起重修。
续弹一曲伸余韵，莫笑多情尚好逑。

雨中游杭州西湖

1958 年秋

暑期归闽，路过杭州，于雨中游西湖，时雨时晴，别具一番景象。

西湖风景久闻名，今日入湖气淑清。
山色苍茫迷古寺，水光潋滟映中亭。
沿堤杨柳分湖色，接岸荷花引桨声。
白雨跳珠人自醉，归来回想有余情。

游上海豫园

1960年秋

周日常入城光顾图书馆、美术馆、博物馆，偶尔到豫园一游。此园小巧，然景观不少，别有风致。于小山上亭子中静坐，听爽耳的秋声，有心旷神怡之感，是亦一种享受。

迂回曲径入幽馨，胜景洞天一画屏。
画槛雕栏摇水影，琼楼玉宇引风情。
巧山成岳媚瑶圃，古木参天接太清。

满眼峥嵘收不尽，危亭静坐听秋声。

奉酬陈君允吉

1961 年秋

上民间文学课，不乐听讲，常作小诗。陈允吉同学赠诗，缪承褒奖，因奉酬一首，聊以致谢。

山人秉野性，好作孤云游。
但立为民志，不知逐利忧。
有心求学问，无意竞风流。
缅洁深相许，感君惜侣俦。

后记：

附陈允吉君赠诗：『林兄吾所爱，俊逸发兰氛。笔墨盈风雨，丹青乐芷芬。有心缅洁白，随意名孤云。常作高山仰，嗟余晚识君。』

登鼓浪屿日光岩

1962 年夏

暑假南归，总与友人刘国煌于厦门逗留数日，浏览小城景观。所最欣赏者，乃鼓浪屿之清幽静谧，游客不多，随时随地可以躺在路边，听近处所传琴声。日光岩无人管，想登即登，登高望海，胸襟眼界为之豁然，诗句自来。

纡余直上水操台，玉顶横空势欲摧。
红日一轮腾海出，白帆千片拂云开。

遥峰隐隐参天去，浅浪滔滔拍岸来。

曩昔思明驱虏地，东风着意唤春回。

中秋书怀赠同窗学友

1962 年秋

复旦本科行将毕业，中秋之夜，赋诗一首，以为留别。

斜华如水照重楼，此月共看第五秋。
数载同窗情脉脉，一番离别意悠悠。
文坛奋笔争高誉，学海行舟得上游。
记取前功留别后，红旗招展遍神州。

送何君锡铎之武昌

1962 年秋

锡铎何兄，曾赠一诗以资勉励；毕业分配，将赴武汉，赋诗酬谢并赠别。

浦江流水日悠悠，直伴何君赴鄂州。
迢递关山当可越，刚强志气岂能休。
素心长似苍山玉，芳誉堪题黄鹤楼。
百一知音从此别，相怜回首望云游。

后记：

附何君赠诗：『数尽风流人，第一是林君。浮沉学海里，不慕利与名。琴棋又书画，无不冠群英。愿君长如此，白玉与丹心。』

满江红·次韵吴君金泰赠别

1962 年秋

众鸟高飞，凝眸望，秋空寒碧。吹玉管，阳关不奏，长歌言别。情意萦怀如绿水，山花满眼是红叶。向前程，雪浪送行舟，流声咽。

路千阻，当可越；心一意，何须说。陟顶峰凭眺，关山明灭。翘首登云穷碧落，举杯酌酒邀明月。看乾坤扭转统山河，月何缺。

后记：

附吴金泰原玉：『休问双丸，而今剩，几多秋色。惊瞬息，嘉辰未竟，离讴催别。五载情随青嶂远，一朝泪滴寒波咽。叹天公，造化最无情，两愁绝。　风沙路，从何越；方寸意，凭谁说。但贱躯微命，遵从大业。应遣魂飞淮水路，相期醉踏颐和月。倩蟾光千里寄相思，同圆缺。』（海按，原玉发表时，已稍作改动：上片『色』韵原作『碧』，『咽』韵原作『叶』，『绝』韵原作『咽』；下片『业』韵，原作『灭』。）

水调歌头·中秋忆故山

1963年9月

中秋夜，独自凭窗，观赏明月，乡思涌动，感慨万端，即时写下此词，以示当下情怀。

皓月当空挂，此夕正中秋。金风漫卷落叶，瑟瑟奏离忧。欲借管弦理乱，一曲乡音未尽，却惹满怀愁。回首窗前望，灯火照重楼。

思前事，徒有恨，泪空流。不知多

少好梦，搅破自难收。每念故山风物，常恨人情冷暖，穷达定亲仇。且对金樽酒，醉眼送闲鸥。

苏州行留别刘国煌

1964 年春

寒假到苏州一游，与国煌同游园林，对酒聊天。临别，满城烟雨，似有留客之意，然终须一别，因留诗为赠。

家山松柏色长青，手足之交结一生。
学海扬帆同破浪，征途驭驾共行程。
今来片刻三春意，此去经年万里情。
欲别依依何忍别，迷茫烟雨满州城。

风入松·辞京赴官厅干校

1969年9月27日

传有所谓一号通令，要求党政干部尽下干校。文联系统到怀来官厅水库，乘火车前往，途中赋词一首。

夜来瑟瑟听秋声，朝雨别华京。临行回首望门闾，听娇儿学语嘤嘤。挥手迈开健步，浩歌踏上征程。

列车越岭过长城，眼底风云生。官厅湖畔红旗展，有老乡笑脸相迎。投入丹炉冶炼，满怀壮志豪情。

宝坻又迁团泊洼有感

1970 年 9 月 21 日

宝坻低洼，造基建房殊不易，于是又迁至团泊洼劳改农场，不到一年，辗转搬迁三次，不胜感慨，不可言说，诗以志感。

常见烟云化彩霞，世间多变莫咨嗟。
昔时移校来京坻，今日搬师向泊洼。
两度徙迁超万费，一年辗转易三家。
独流减水东流去，萧瑟秋风卷浪花。

渔家傲·腊梅颂

1971年1月21日

冬末，见干校四处腊梅开放，摇曳多姿，感而有作。

冰冻江河封万里，沉云翻雪朔风急。败叶
枯枝堆满地。尽寒意，严冬冷落无生气。
但见腊梅排雪起，迎风弄色自摇曳。
傲骨嶙峋香扑鼻。强根蒂，寒冬送了迎
春至。

仙人球花开三朵即赋

1976 年 5 月 19 日

盆中栽仙人球一棵，很少浇水，却绽放三朵鲜花，月夜更显出精神，因题诗留念。

仙子绣球善点装，浑身剑气化毫芒。
暑寒相逼心犹健，水旱交侵骨更刚。
四载辛勤长夜乐，三花并放满斋香。
忽从斯卉明生理，逆浪迎风望远方。

题先师大杰先生遗照

1978 年 4 月 14 日

师母李辉良寄业师刘大杰先生遗照一帧，静坐细观，沉吟良久，百感交集，因题诗一首。

师门垂泪对遗容，百感横生动素衷。
议论滔滔黄浦浪，叙情习习紫城风。
华章应染朝霞赤，宝札犹存夕照红。
人世沧桑依正道，危楼南望大江东。

登福州鼓山

1978年6月23日

为组稿出差福州，驱车登鼓山，山上有石鼓，有铁树，还有多处宋代摩崖，不少胜景奇观，下山成诗一首。

奇峰耸峙立江边，高路飞车数百旋。
灵洞清泉流白石，劲松翠盖拂苍天。
不闻山顶霖中鼓，但见摩崖字上烟。
独羡故乡多胜景，归情如醴下心田。

代严文井集李白句

1979年7月20日

四川江油李白纪念馆寄信向老社长严文井求索题辞，严老出示邮件，命余代劳，为集李白诗句，使之成诗以为纪念；以李白诗句纪念李白，的是高招。因集十句，以示不辱使命。

明月出海底，太白出东方。
北斗酌美酒，醉后发清狂。
高歌振林木，风卷绕飞梁。

题诗留万古，振笔起风霜。
心随长风去，天外恣飘扬。

附记：

严老据余所供选句，易『明月出海底，太白出东方』为『风飞九千仞，太白何苍苍』，甚妙。删去『题诗留万古，振笔起风霜』二句，余八句，因有失协律体之嫌； 此乃古风，故有意集十句也。

次韵泗东兄偶成

1979 年 7 月 28 日

泗东陈兄儿时号称泉州神童，才气过人，长大曾就学于暨南大学，听过业师刘大杰先生讲课，因呼余曰师弟，余以师兄尊之。平日好雅谑，尝曰：『有「幸」澤东，无「幸」泗东。』以『澤』拆字，本无邪意，却因此被打成右派，受罪二十年，奇才有此奇遇，自可收入简编。次韵和诗一首以赠之。

温陵自古是文渊，总丱神童岂偶然。

道路崎岖嗟蹇运，风标抗脏忆华年。
钟山试玉烧三日，闽海鞲鹰放九天。
搏击清秋星眼疾，大千世界法轮圆。

后记：

附陈泗东偶成原韵：『也曾纵语落珠渊，苦乐由人事偶然。久把疵瑕随蹇运，常忘毁誉任流年。数根白发犹怜我，一袭青衣不怨天。啼笑逢场皆作戏，孰分棱角与方圆。』

夜吟

1980 年 6 月 29 日

夜来无事，窗前望月，自审平生碌碌无为，感慨之余，成诗一首。

江南塞北历风霜，二十三年客异乡。
游学也曾随风翥，登途未敢效龙骧。
半生有幸留清白，一事无成问彼苍。
今夜窗前天上月，多情为洒满床光。

元旦感怀

1981年1月1日

一年将尽，夜饭看电视联欢会，一片歌舞升平，及至新岁钟声响起，似有所悟，欣然命笔，写下七律一首。

新岁钟声响万家，且从电视看欢哗。
轻歌曼舞场场戏，破闷销愁盏盏茶。
白发已谙风化雨，丹心犹梦笔生花。
寒窗廿载成虚掷，强举清樽奠物华。

咏梳妆台、照眉池

1981年5月4日

邯郸城西梳妆台、照眉池，相传赵王宫人曾梳妆照眉于此。今台池尽废，然残砖剩瓦犹令人思当年之盛。箭岭或说乃赵武灵王训练骑射之地，灵山为武灵王厝灵之所。

古城访古出城隈，遗迹荆丛土一堆。
照黛池枯无剩水，梳妆楼废有荒台。
南瞻箭岭思云骑，北望灵山吊霸才。

脚下残砖横碎瓦，风吹华发久低回。

后记：

2014年8月11日，重访邯郸，来赵苑公园，梳妆台树木郁郁葱葱，照眉池水波荡漾，景致全殊，而遗址仍保持完好。昔年撰《太白游踪探胜》曾疑此地即古洪波台，据说新近发现碑石，证实此说；然或说洪波台在成安西北齐长城拐弯处，面临漳河。真令人莫衷一是！赋《梳妆台漫步》七绝一首：『太白观兵何处来，洪波千古费疑猜。喜闻碑碣传新证，正是赵姬照影台。』

登赵武灵王丛台

1981年5月4日

赵武灵王以胡服骑射振兴国势，灭中山，破林胡，克娄烦，开拓北中国，其功卓绝。其所筑丛台，近年修葺一新，颇为壮观。登台眺望，百感横生，因赋七律一首。

青松绿柳拥丛台，赵武灵王信伟哉。
豪气英风堪景仰，邯山郸水尚潆洄。
当年骑射平千里，此地笙歌动九陔。

回首故城增壮志，中华自古有雄才。

后记：

2014年8月10日，重到邯郸，丛台没有太大变化，只是台上的那棵老槐树不见了，再是公园修整得更加漂亮，各种树木也繁茂了许多。再次登台，依然对赵武灵王充满敬意，很佩服他的开放心态。赋《重访丛台》诗一首：『寻踪曾上古丛台，三十三年我再来。一派葱茏增气象，登高据胜吊雄才。』

题黄粱梦

1981 年 5 月 4 日

邯郸城北二十里铺有道观黄粱梦，原是据唐人沈既济传奇《枕中记》吕翁荐枕托梦而取名，于流传中吕翁演化成吕洞宾，称吕仙，古来传说大都类此。清末西太后避兵西出经邯郸曾以此为行宫。

黄粱一枕是传奇，化出仙乡吕祖祠。
此中真味谁知晓，试问卢生梦醒时。

过邯郸学步桥

1981 年 5 月 4 日

明人好奇，据《庄子》所编寿陵余子邯郸学步故事，于城北护城河建造所谓学步桥，流传至今，以为文化遗迹。徘徊桥上，因思古今失故步之态，感而有作。

漫步邯郸忆寿陵，世人何必笑痴情。
须知此态同今古，时见衣冠匍匐行。

游青城山

1981年5月14日

四川青城山古木蓊郁，浓荫遍地，故有『青城天下幽』之称。传说颇多，遗踪难寻，慨然兴叹，因为长句。

青城山上郁葱葱，紫气浮游饶道风。
太白养禽无影响，玉真修道有遗踪。
唐碑漫漶留残迹，汉树扶摇入碧空。
拾级登高临下界，千年蜀水只流东。

谒杜工部草堂

1981 年 5 月 15 日

浣花溪畔杜甫草堂，林高竹秀，清幽肃穆，有水槛、花径之类纪念性遗迹。杜甫故宅，晚唐即已荒废，韦庄《浣花集序》云：『虽芜没已久，而砥柱犹存。』今之草堂，自非当年『万里桥西宅』，然不妨因其处而吊其人。

修竹长林秀色苍，清江一曲尚流芳。
来朝圣地寻花径，为吊诗翁到草堂。

难挽狂澜兴社稷，聊挥健笔著词章。

忽思广厦万间句，仰止高山日月光。

吊武乡侯

1981 年 5 月 15 日

成都南郊汉昭烈庙，祀先主刘备，而后人但知武乡侯孔明，称武侯祠，此亦所谓『功高压主』。然如无明主，能臣亦无由骋其才，祠内保存刘备墓，良有以也。

濯锦江边蜀相祠，青樟翠柏见龙姿。
策勋长盖三分国，驰誉还凭二出师。
绿耳腾骧须好主，鸿图施展赖明时。

庙前踯躅翻千感，为吊英魂两泪垂。

题王建墓

1981 年 5 月 17 日

成都西北隅抚琴台街有司马相如琴台，解放前发掘，知为前蜀王建墓。王建原以贩盐屠牛为业，后投军随唐僖宗入蜀，拥兵据东西川，称帝于成都，墓称永陵。永陵琴台，一武一文，混而为一，岂非唐突相如！

抚琴台上草青青，却是蜀王旧永陵。

盐贩屠夫能作帝，天公何必铸文星。

登峨眉山金顶有感

1981年5月21日

冒雨登上金顶卧云庵，未见佛光，风雨大作，倏然云开雾散，露出一道斜阳，霞光满天。片刻之间，经历阴晴云雨变化，令人叹为观止！

雨急磴危不畏难，强攀绝顶越崇峦。
天风呼啸兴迷雾，云海蒸腾卷巨澜。
日月升沉良有以，阴晴翻覆信无端。
仙山毕竟如人世，阅尽奇观眼界宽。

游凌云寺

1981 年 5 月 24 日

乐山凌云寺大佛，上至山顶，下达江面。自佛头下望，岷江、青衣江、大渡河三水合流，甚有气势。唐岑参曾任嘉州刺史，世称岑嘉州。宋苏轼爱此地山水，诗云：『但愿身为汉嘉守，载酒时作凌云游。』上有苏子楼。

巨佛凌云起，顶天踏碧流。
三江联白练，一寺对乌尤。

渺矣岑君迹，岿然苏子楼。

今来忘载酒，俯视水悠悠。

江油青莲乡怀李白

1981 年 5 月 27 日

李白青少年时代家于昌明青莲场（今四川江油青莲乡），至今犹有李白墨池、李白衣冠冢、太白祠诸遗迹；读书大匡山，今有太白读书处。足见乡人景仰之情。

为访仙踪到大匡，依稀故里青莲场。
半肩书剑轻离蜀，一世飘零未返乡。
往昔国中抛骏骨，于今宇内颂华章。

侯王第宅生幽草，千载文林喜凤翔。

上白帝城

1981 年 6 月 13 日

自奉节乘小轮至白帝山（或称子阳山，俗讹为紫阳山），拾级而上，立于夔门之上，俯视长江：滟滪堆已被炸毁，江面平缓，而峡中水势仍急，犹可见『夔门天下雄』。复登山顶，见白帝城。公孙述据此称帝，刘玄德据此击吴，并于此托孤。历史风云，尽化作山水清音矣。

赤岬雄蹲江锁闭，紫阳高视夔门开。

瞿唐峡口水沿回，不见当年滟滪堆。

卧龙诸葛真贤相，跃马公孙岂霸才。
一种兴衰空胜迹，唯余激浪化惊雷。

舟过三峡

1981年6月14日

自奉节登江轮，出夔门，下三峡。一水奔腾，千岩如画；江山之胜，此称第一。过神女峰而想宋玉赋，经西陵峡而想昭君村。目接神驰，乘奔御风。翌日泊于陡山陀，葛洲坝尚未通航，江轮暂泊于此。车行过三游洞，到宜昌投宿。

日丽风和下夔门，长江三峡浪花翻。
千岩峭壁存残栈，两岸寒林绝啸猿。

神女行云留美梦，昭君出塞返香魂。
山川人事经桑海，汽笛一声走巨轮。

途宿宜昌

1981年6月15日

今日正值葛洲坝船闸试航，漫步江边，见江轮容与，彩旗缤纷。宜昌乃古夷陵，宋欧阳修谪此，其《戏答元珍》诗云：『春风疑不到天涯，二月山城未见花。』今反其意而咏之。

西陵峡外古夷陵，犹记醉翁谪此城。
昔日春风疑不到，今来杨柳万条青。

访沙市渚宫

1981年6月18日

沙市江汉南路左侧有江渎宫，相传即楚之渚宫，即太白诗所云『江陵识遥火，应到渚宫城』。或说屈原、宋玉曾居于此。今已辟为可新小学。

访古来沙市，肃然见渚宫。
江山留胜迹，人事改新风。
宋玉骋才辩，屈原抱朴忠。
楚骚摛凤藻，低首吊诗翁。

观音阁下望汉江

1981年6月23日

出襄阳城，过岘首山，至凤林关，越观音阁，临凤凰池，立汉水滨，见碧水奔腾，白帆明灭，雨湿前山，景色如染；遥望鹿门，缥缈云外，好一幅天然图画。因想起庞德公、孟浩然先贤隐遁遗迹。

水碧白帆扬，雨丝洒汉襄。
新洲连岘首，古渡出鱼梁。
孟子思垂钓，庞公乐隐藏。

鹿门天外远，云树郁苍苍。

游习家池

1981年6月23日

白马山下有白马陂，水入襄阳侯习郁养鱼池，即习家池。晋山简镇襄阳，常临此池饮酒，称之为高阳池。太白《襄阳曲》『且醉习家池，莫看堕泪碑。山公欲上马，笑杀襄阳儿』，即咏其事。今泉已枯，池未废，然是否原池故址，实难稽考。

白马山边有美陂，养鱼道是习家池。
灵泉已竭余荒井，亭榭虽存长野葵。

曾笑山公骑马醉，也知太白见花迷。

往来人事成今古，坐看清波泛绿漪。

后记：

2014年10月21日，再到刁家池，今已辟为城市公园，景致大有改观，重修刁氏宗祠，新建怀晋山庄，尚未竣工。赋诗一首：『秋水一池属刁家，鸭头洋绿化红霞。醉中寻梦多奇迹，怀晋山庄又发花。』

隆中访诸葛庐

1981 年 6 月 23 日

隆中古属南阳郡，故《陋室铭》云『南阳诸葛庐』。出襄阳城西约二十六里，即古隆中，有万山回护。山深林茂，泉幽境清，真栖隐佳处。有诸葛庐、抱膝岩、三顾亭诸遗迹。

万山回护古隆中，犹有清泉水一泓。
陇亩躬耕留胜迹，草庐对答见神功。
三分霸业归司马，百代风徽仰卧龙。

聊坐岩前因抱膝，高吟梁父韵无穷。

后记：

2014年10月21日，重访古隆中。古隆中乃诸葛亮出山前躬耕陇亩之处，向来多有纪念性的遗迹。三十三年前所见，大都犹存，此来又见不少新建纪念先贤的文化景观。《三国演义》将孔明神化了，集智者气象与贤人作风于一身，成了民间崇拜的偶像。作《再访古隆中》诗云：『躬耕陇亩古隆中，绿水青山一卧龙。三顾真诚酬两表，千秋万众仰高风。』

白兆山访桃花岩太白遗迹

1981 年 6 月 29 日

太白『酒隐安陆，蹉跎十年』，安陆城西三十里白兆山为当年太白栖隐之处，曾作《安陆白兆山桃花岩寄刘侍御绾》诗；此地有桃花洞、太白祠、绀珠泉、读书台、洗笔池诸遗迹。此来喜见山巅银杏一株，形如苍龙，直逼霄汉，传为太白手植。

来登白兆祝融天，度壑攀岩访谪仙。
银杏苍虬升碧汉，桃花红雨落绀泉。

读书台废生丰草，洗笔池荒没广川。

莫道蹉跎空胜迹，歌吟余韵满人间。

后记：

2012年11月19日，应邀赴湖北安陆预国际李白文化旅游节高端论坛，开幕式于白兆山安陆李白纪念馆举行。李白出川后以安陆为中心四处活动十年，在小寿山住过，往仙城山游过，到玉女汤浴过，乃至与道友元丹丘北游嵩少，涉足汝海，栖宿龙门；然而却端的以安陆为家，居住白兆山桃花岩，『入远构石室，选幽开山田』，竟然成为山民矣。清康熙《安陆县志》载，此山古木参天，紫藤盘拏，烟霞弥望，奇峰秀绝。三十一年前到此考察，却是一片荒山，惟见山头古银杏一株，粗可十数围，仅存半边树皮维系其生命；而今古银杏已枯死，而山上植被却大有改观，虽不及康熙时之盛概，却是满山茂林，郁郁葱葱矣。作《白兆山怀李白》七绝一首：『十年酒隐此安家，云路崎岖莫怨嗟。一事诗魂堪告慰，故山依旧尽桃花。』

蒲圻赤壁

1981 年 7 月 7 日

湖北有赤壁多处，何者为鏖战之地，众说纷纭。或说蒲圻赤壁近是。

今到蒲圻赤壁矶，伫立翼江亭，望万里长江，江涛滚滚；眺隔岸乌林，林木葱葱，浮想联翩，口占一律。

周郎用火攻，诸葛借东风。

赤壁来黄盖，乌林走魏公。

当年留折戟，今日驾艨艟。

独立山头望，江天气象雄。

登岳阳楼怀古

1981 年 7 月 9 日

晨登岳阳楼远眺，君山如黛，历历在目，洞庭风来，洪波拍天。范仲淹《岳阳楼记》虽作于关中，却能极尽洞庭阴晴风雨之致，的是文章高手。地以文传，自范记出，此楼声名益振。

岳阳门上岳阳楼，把酒临风豁远眸。
浪拍苍穹惊日色，波摇翠黛激江流。
前贤犹苦民间苦，后哲肯忧天下忧。

岸帻凭栏思范相，白云舒卷自悠悠。

访平江小田杜甫墓

1981 年 7 月 14 日

小田马鞍山杜子庙为清光绪九年所修，其侧即『诗圣遗阡』，墓门书『唐左拾遗工部员外郎杜文贞公之墓』，遥对幕阜、连云二山，祠今已辟为小学。

遗阡荒草马鞍坡，何事诗翁到汨罗。
幕阜连云增秀色，烟村流水泛轻波。
杜家喜见仍孙笑，祠宇欣闻学子歌。

真假是非君莫问，古来人杰冢坟多。

后记：

湖南杜墓有二，一在平江，一在耒阳。唐宋人主耒阳说，明清人主平江说。南宋以后多推崇杜甫，以为死于耒阳『牛肉白酒』之说乃丑化杜公，因始创死于平江之说，否定其死因，并移动其死地。人文历史之传承，正在虚实真假之间也。2011年10月11日，再到小田，祠庙和坟墓都经过修缮，其侧有新盖小学校，即兴又赋一绝：『古来人杰冢坟多，杜墓翻新近汨罗。谁信生前凄惨甚，盛名身后动山河。』

游麓山寺

1981年7月18日

岳麓山原有道林、岳麓二寺，杜甫作《道林岳麓二寺行》诗，今道林已废，遗址无考，麓山寺尚存，大殿为日机炸毁，仅剩观音阁。阁前有六朝古松，阁下有龙井玉泉，阁右有白鹤清泉。时有烧香者，香火颇盛。

长沙一寺麓山腰，传钵开基自六朝。
衡岳云根通宝殿，湘江水面击兰桡。
鹤泉归鹤须千载，龙井飞龙在九霄。

李字杜诗增胜概，香烟未断客如潮。

后记：

2011年10月12日，重谒岳麓寺，此来未见昔年盛况，更显佛门之清静，亦颇具禅意。作《重谒麓山寺》七绝一首：

『古刹依然占麓山，重来晋谒叩禅关。佛门妙谛何曾悟，难得浮生一日闲。』

题长沙贾谊井

1981年7月18日

雨中访长沙太平街贾谊井。贾谊贬长沙，为长沙王太傅，故其宅前水井，后人称太傅井。刘长卿《长沙过贾谊宅》诗云：『寂寂江山摇落处，怜君何事到天涯。』

怜君三载谪长沙，穷巷雨中访故家。

旧井依然名太傅，泉如涕泪滴天涯。

后记：

2011年10月12日，重访贾谊井，井已在所谓故宅中矣。唐刘长卿《长沙过贾谊宅》云：『秋草独寻人去后，寒林空见日斜时。』可知唐代故宅似已荒废，三十年前到太平街只见太傅井，故宅只余破落平房一间，亦颇凄凉。如今已扩建为大宅深院，美轮美奂。是亦杜诗所谓『千秋万岁名，寂寞身后事』也。作《谒太平街贾谊故宅》七绝云：『秋草寒林昔故居，如今华屋贾生庐。何须赋鹏何须哭，青史垂名为上书。』

登祝融峰绝顶

1981年7月22日

衡岳山路陡峭，越野车盘旋而上，十分惊险，及至峰顶，谒圣帝殿，云烟拂袖，天风呼啸，缘壁攀上圣帝殿铁瓦，吾人头顶此际真乃七十二峰之最高者矣！

绝壁飞车上祝融，云端帝殿立天风。
披襟放眼观三界，拂袖俯身按五峰。
绿水潆洄罗九折，青山层叠浪千重。

不闻方外神仙语，倾耳涛声度劲松。

后记：

2011年10月15日，重访南岳。南岳山麓，当年只见南岳庙，空旷不见民居；而今俨然发展成一小城镇，为独立市辖区，与原衡山县并隶属衡阳市管辖。诸多古迹均修葺成游览景点，面貌一新。此日登山，适逢夏历九月十九日，为当地佛诞，香客如潮。作《重上南岳祝融峰》绝句：『三十年来忆旧踪，于今重上祝融峰。几多古迹呈新貌，铁瓦当风未改容。』

谒永州柳子庙

1981年7月25日

出永州城外十里，谒柳子庙。庙前有愚溪，溪上有愚桥，过桥有愚亭，想是『八愚』之遗，已废。钴鉧潭去庙非远，今为愚溪水坝。此间不忘柳宗元德政，民间传说颇多，近乎神化。有感于升沉进退，赋诗吊之。

柳子庙前吊柳侯，愚溪溪水水悠悠。
身遭密雨辞京阙，德化甘霖惠永州。
谪宦十年成八记，丰碑三绝立千秋。

升沉进退何须问，利国利民即上游。

谒耒阳杜陵祠

1981 年 7 月 31 日

耒阳城北二里杜陵祠，已废，辟为耒阳一中，杜甫墓尚存。墓前石刻曰：『景定癸亥夏，有唐工部杜公之墓，县令王禾立石。』盖南宋理宗景定四年所立。杜陵祠东滨耒河处有石桥，称杜陵桥，或云桥面石板纹路成古梅一枝，『杜陵桥上一枝梅』，为耒阳八景之一。今已不见痕迹。

耒阳城北耒河长，工部祠堂久已荒。

难觅洲边鞋履迹，不闻桥上石梅香。
行程既被洪波阻，病体宁堪白酒伤。
千古方田成恨海，陵前松柏色苍苍。

后记：

2011年10月16日，下南岳，于暮色中访回雁峰。驱车夜行入耒阳。翌日到耒阳一中谒杜甫墓，今已非当年孤立小坟头矣，有围墙环护，如墓园，并有杜甫事迹陈列室，列唐戎昱《耒阳溪夜行为杜甫作》诗。胡震亨《唐音统签》不知何据，将张九龄此作又归属戎昱，故《全唐诗》此诗两出，不可不辨。然唐人多以为杜甫死于耒阳，北宋亦然，诗作甚多，自无需夺张九龄之作也。此来赋《耒阳谒杜甫墓》诗：『人间无似此凄凉，千载诗魂滞耒阳。何必争锋辩真假，斯文到处可留芳。』

游甘棠湖烟水亭

1981 年 8 月 10 日

烟水亭在九江甘棠湖中。相传此地为东吴周瑜点将台。亭又名浸月亭，取白居易《琵琶行》『别时茫茫江浸月』之义。传为宋周敦颐所建。立于亭前遥望庐山双剑锋，似双剑倚于青天之外，别是一番景象。

甘棠湖上碧波横，习习清风浸月亭。
匡阜双峰天外剑，江州一镇水边城。
周郎羽扇浑无迹，白傅琵琶别有情。

千古沉浮谁作主，烟涛滚滚听流声。

宿星子县夜临鄱阳湖

1981 年 8 月 12 日

下庐山，投宿星子县南康宾馆。饭后步月至鄱阳湖滨。月影参差，湖光迷茫。落星一点，形出波上；匡阜千峰，影入湖中。即太白『庐山谣』之所谓『影入明湖青黛光』者也。

烟水迷茫彭蠡湖，轻云浮动月轮孤。

谪仙击楫曾游处，匡阜沉沉碧影虚。

登海会挂灯台

1981 年 8 月 13 日

庐山五老峰侧有九叠屏，屏下有九叠谷，谷中有三叠泉。其泉流出海会，经挂灯台，入鄱阳湖。《庐山志》载，海会龙云寺东北有山，为蔡寻真、李腾空修道之处，有昭德观，故名观山。据此，挂灯台似即观山。太白之妇宗氏曾到此访宰相李林甫之女李腾空，太白有诗《送内寻庐山女道士李腾空二首》，因决意登此山。山径已没，披荆而上，及至山椒，坐于悬崖之上，探望九叠屏，未及摄影，忽见乌云飞奔而来，驻于峡谷之间，转瞬化为雨点，洒下深涧。正自思我辈如同雨师，于云头之上行雨。俄而身边一阵狂风，头上一片乌云，耳际一声惊雷，倾盆暴雨随之而来。一时天昏地暗，令人毛骨悚然。于是冒雨下山，踉跄跌撞，爬行多时，始达海会。老乡送来姜汤，为祛风寒。谈起历险，此行为甚，诗以志之。

屏风叠外挂灯台，疑是寻真洞穴开。
绝顶凭崖呼太白，满天风雨夹惊雷。

宿松南台访太白遗迹

1981年9月15日

永王失败，太白避难宿松，依闾丘县令。相传太白当日寓居宿松南台山。今南台黄家山有『太白书台』石刻。或说书台之侧原有对酌亭。此来无迹可寻，但见满山野花。

宿松城外访南台，雨后秋林翠色堆。
太白栖迟留胜迹，闾丘理政称贤才。
冰心长照天边月，诗兴频催掌上杯。

对酌亭荒何处觅，满山红紫野花开。

咏小孤山

1981 年 9 月 16 日

小孤山形小而势高，屹立江中，如中流砥柱。将辞宿松，考察桑落洲故址，于江滨攀上小孤山之巅。石磴如梯，野花拥径，翠竹成林，亭台高筑，飘然出世，犹如仙境。山下摩崖大书『海门第一关』，是以知古时海潮当达于此。览毕赴彭泽，舟行江中，成诗一首。

滚滚长江去不还，中流砥柱小孤山。

浪淘人杰空千古，潮打海门第一关。

地控九江惊地束，天连三楚觉天宽。
攀临绝顶登高阁，直似飘飘入广寒。

舟过马当

1981年9月17日

太白诗云：『牛渚由来险马当。』其意在扬牛渚而抑马当，实则马当险于牛渚。唐陆龟蒙《马当山铭》云：『言天下之险者，在山曰太行，在水曰吕梁，合二险而为一，吾又闻乎马当。』足见马当水险山危之状。然陵谷迁移，早已化险为夷。此日过马当，乃风平浪静也。

朝辞彭泽下长江，浪静风平过马当。
回望小姑波上立，殷勤恰似送情郎。

登贵池齐山次牧之韵

1981 年 9 月 20 日

出贵池城东，步行至齐山。或说唐齐映刺池州，因以名山。山多钟乳石，被开发为石灰厂原料。采石场规模颇大，而昔日胜景已破坏殆尽。无树无水，虽有岩洞，亦无景致可言，令人为之太息。因次唐杜牧《九日齐山登高》诗韵，戏为一律。

荒草野花梦蝶飞，嶙峋怪石径幽微。
未闻旅雁留声过，已见游人扫兴归。

山赖老齐传雅号，景因小杜得清辉。
风光不比当年秀，重九何须待白衣。

后记：

2013年11月1日，再次考察齐山，见齐山公园修得十分漂亮，原先被铲平的山地，也已布满树林。当年见景观破坏，急告文化部门陪同者，请政府出面阻止，否则文化景观将毁于一旦。今来见此，甚感欣慰。再赋一绝：『当日劈山炼石灰，建言制止护琼台。今来蓊郁成佳境，伫立沉思自慰怀。』

附唐杜牧《九日齐山登高》诗：『江涵秋影雁初飞，与客携壶上翠微。尘世难逢开口笑，菊花须插满头归。但将酩酊

酬佳节，不用登临恨落晖。古往今来只如此，牛山何必独

沾衣。」

贵池访杏花村

1981年9月20日

日近黄昏，步出西郊，欲寻杏花村，不知其址。经学童指点，访得黄公井。井栏古时刻有『黄公清泉』四字，今未见。归途回首，见西天红霞如花，偶动诗兴，因得一绝。

浪学牧之问酒家，西郊访古夕阳斜。
村头泉品黄公井，醉把落霞当杏花。

贵池曹村寻白笴陂

1981年9月22日

太白有《游秋浦白笴陂二首》，诗云：『何处夜行好，月明白笴陂。』白笴陂在何处？《江南通志》以为在城西南二十五里白笴堰；光绪《贵池县志》以为乃城南八十里曹村之白笴陂。为探究竟，驱车至棠溪曹村，村头秋浦河边狮峰摩崖果见大书『太白读书处』，其下有青莲洞，又有神仙床，溪山秀丽，景色清幽；秋浦河上游有千年古村石门高，其下游经小黄山、虾湖，皆太白游踪。故曹村之说似可信，虽扭伤脚踝，亦不枉此行也。

曹村访古过棠溪，何处寻踪究可疑。
醉卧石床留胜迹，朗吟月夜作佳诗。
翠岩犹见青莲洞，绿水尚流白笥陂。
四面皆山山色好，清溪秋浦最相思。

后记：

2013年11月2日，驱车至曹村，摩崖『太白读书处』，今来已不见了，盖因山体滑落，大字也就化为乌有了，山边另书『太白长啸处』，以为纪念。赋《曹村太白读书处摩崖并山体消失有感而作》云：『太白当年此读书，擘窠大字忽惊无。此来眼见山河改，仙迹何从觅本初。』

九华山访古

1981年9月25日

太白改九子山为九华山，九华山之名自太白始。自青阳乘车经五溪桥，过一天门，顺盘山公路而上，至祇园寺下车。沿途青山绿水，奇云乱峰，景色如画。或说太白曾上九华，后世曾建太白书堂，传『金沙泉』三字为太白墨迹，姑妄听之。其实当时九华尚未开发。

朝发青阳到九华，碧莲竞放满天花。

溪流湍急银河决，竹树葱茏石径斜。

闻道酒仙留玉笔，相传地藏聚金沙。

东岩回首神光望，几杵疏钟度落霞。

后记：

2013年10月13日，重上九华山，三十二年前不曾访无相寺。此行先访下无相寺。道是诗碑在上无相寺，因驱车至陀头岭下寻唐末王季文书堂改寺之处。上无相寺住持果富禅师为我等出示新旧碑，旧者刻于明成化间建寺碑，其中有李白宿寺诗。此乃明朝假托，因作《观九华上无相寺太白诗碑》诗曰：『早闻无相谪仙诗，寺壁依稀尚有碑。今日禅房细推究，是非真假自堪疑。』

登黄山天都峰

1981 年 9 月 29 日

贵池白笴陂伤一足，不良于行，九华山善良的老大娘赠竹杖一根，携至黄山。扶杖登山，直上天都峰，松石云瀑尽收眼底。访古探奇，历览名山多矣，吾独推黄山最胜。

危磴如梯信畏途，兴来扶病上天都。
奇松偃蹇凌霄汉，怪石峥嵘入画图。
飞瀑喧豗奔玉涧，乱云飘荡拂蓬壶。

四方交赞黄山美，我立峰头叹绝殊。

歙县访太白遗迹

1981年10月5日

歙县，古属徽州，位于新安江上游。据传李白曾至此访仙人许宣平。问道于渔梁渡，候舟于浣沙阜，翘首于望仙桥，瞩目于紫阳山，均留有胜迹。今练江太平桥畔太白楼，几欲与采石、齐宁之太白楼齐名。练江碎月滩传得名于太白轶诗『槛外一条溪，几回流碎月』。

澄江如练练江流，长望太平太白楼。

碎月滩头吟胜韵，浣沙阜畔候仙舟。

他年问路渔梁暮，此日寻踪龙井秋。

徽歙人文今古盛，紫阳高耸碧云浮。

泾县桃花潭怀古

1981 年 10 月 7 日

冒雨驱车至泾县水东翟村访桃花潭。潭在彩虹岗玉垒墩下，其侧有『踏歌岸阁』，至今犹存残迹。又有太白楼，已废为民房。雨中桃花潭，迷茫秀丽，富于神奇色彩。触景生情，因思当年汪伦送太白情景，为赋长句。

玉垒高墩接彩虹，桃花潭上雨濛濛。

船头浮浪催归思，水面落英想醉容。

犹有踏歌空岸阁，更无朗咏满楼风。

多情尚喜汪伦在，仙客魂游第几峰。

后记：

2013 年 11 月 1 日，重访桃花潭，今已辟为旅游景点，潭水面积稍有扩大，原『踏歌岸阁』匾额，改为『踏歌古岸』，并于其下设码头，有渡船可达对岸彩虹岗。岗上有怀仙亭，在彩虹桥之侧重修汪伦墓。李白一首诗，竟然传出这许多故事，由此可见，权力、金钱、文化相较，文化总是最后赢家。作《重到桃花潭》诗一首：『踏歌送客历千年，回赠诗章播大千。重到桃花潭水岸，依然浮想引联翩。』

敬亭山访古

1981年10月9日

敬亭山，旧名昭亭山。谢朓守宣城，曾来此山赛神祈雨。太白漂泊宣城，亦曾于此山居住。其诗云：『相看两不厌，只有敬亭山。』然今观此山，平淡无奇，但见荒草满山，胜迹无存。亦不见太白楼遗址。

谢朓青山太白楼，披荆访古敬亭秋。
遗踪荒草草丰盛，余韵清诗诗劲遒。
自谓相看长不厌，可怜独坐每生愁。

当时争笑真穷态，身后高名万世留。

后记：

2013年10月31日，再到敬亭山，与景区联系，允许驱车上山。宣城西北敬亭山，今非昔比，满山茂林，辟为游览景区，山上原太白楼遗址，重建『太白独坐楼』，取其《敬亭山独坐》诗：『相看两不厌，只有敬亭山。』小车开上山顶翠云庵，拾级而上，不远即独坐楼。作《敬亭山太白独坐楼口占》诗云：『可怜独坐每生愁，漂泊浮沉数十秋。只有敬亭看不厌，倾心一咏足风流。』

陵阳山寻谢朓北楼故址

1981 年 10 月 10 日

谢朓北楼亦称高斋，故址在宣城城内陵阳山上。据云即今之烈士纪念碑基址。自陵阳山俯视宛溪、句溪，虽无『两水夹明镜，双桥落彩虹』之境界，然山水秀丽，依然如在画中。却无复陆龟蒙《怀宛陵旧游》诗之所谓『陵阳佳地昔年游，谢朓青山李白楼』矣。

宣郡高斋不可寻，陵阳山上独沉吟。
清诗能发玄辉兴，浊酒难浇太白心。

宛水波光流晓日，敬亭云气绕秋林。

江城依旧真如画，人事往来变古今。

后记：

2013年10月31日，重访谢朓楼，烈士纪念碑今已迁走，重建谢朓楼；原陵阳山改为市府山，辟为公园，供市民休闲活动，有谢朓像卧于广场之畔。作吊古诗一首：『岿然矗立谢公楼，太白传杯梦里愁。我到台前因吊古，双溪只见水长流。』

采石矶太白楼

1981年10月15日

采石矶亦名牛渚矶，太白多次游览，多次吟咏； 或说于此入江捉月而死，至今矶上有所谓捉月台，后易名联璧台； 又有衣冠冢(原在采石镇，后移于翠螺山)，有太白祠及太白楼。 采石固已神奇，而太白又为采石增添了不少神奇色彩。 此日登楼，有怀太白，吟诗一首。

采石矶边太白楼，辉煌壮丽对江流。
翠螺云树开新宇，青冢衣冠耀古丘。

愁结清霜寒一世，诗悬明月亮千秋。
欲招醉魄骑鲸返，同发歌吟共泛舟。

后记：

2013 年 10 月 18 日，重访采石，太白楼与前无大差别，增设李白纪念馆，亦就原有馆舍。辟为旅游景点后，门票价高，是太白始料所不及者，自己竟然也成为摇钱树了，唐明皇当不复谓『此人固穷相』也。作《重访采石太白楼》诗一首：『考察曾登太白楼，此行又过卅余秋。看来已改斯穷相，一树摇钱富一丘。』

扬州蜀冈平山堂

1981年10月23日

欧阳修为扬州太守，于大明寺侧修建平山堂。旧云：『江南诸山拱揖槛前，若可攀跻，故曰平山堂。』堂西平湖奇石，有『天下第五泉』之称。此堂幽雅而轩敞，有楹联云：『山色湖光归一览，欧公坡老峙千秋。』

蜀冈冈上平山堂，凭槛平山望镇江。
坡老欧公吟咏处，泉流水面有文章。

登北固山

1981 年 10 月 28 日

镇江北固山甘露寺多景楼，有米芾所书『天下第一江山』。此山雄峙江边，气势雄伟，南宋陈亮《念奴娇·登多景楼》词云：『一水横陈，连岗三面，做出争雄势。』皆眼前实景。

润州北固古雄关，地势峥嵘出世间。
天下江山称第一，凌云亭上看潮还。

游虎丘

1981年10月31日

苏州虎丘本名海涌山。据载，吴王死后葬此，有白虎据坟，故名虎丘。或说吴王阖闾铸剑于此，有剑池遗迹，摩崖有『虎丘剑池』四字，相传为颜真卿所书。多次游虎丘，此来尤属意于剑池。

海涌虎蹲一古丘，吴王曾此铸吴钩。
今来思得芙蓉剑，试劈云根断浊流。

访山阴兰亭

1981年11月12日

绍兴兰渚之兰亭，有王羲之一序记当年修禊之事，遂成千古胜迹。今来兰亭，见白鹅游于池中，令人遥想羲之爱此鸦鸦者，竟书《黄庭经》换取之佳话。戏为一律，敷衍羲之序文，聊以纪胜。

此日风和淑气清，山阴兰渚访兰亭。
名贤修禊千年事，曲水流觞万古情。
故迹依然青嶂护，新池犹得白鹅鸣。

骋怀游目偷欢快，今古何须一死生。

登天台华顶峰

1981 年 11 月 18 日

驱车盘旋而上，经华顶寺、塔头寺，直抵最高层华顶峰。极目四顾，云山重叠，苍茫无际。时在初冬，而山上已见严霜，寒气袭人。有茅屋一椽，传为太白书堂，以证谪仙足迹所到。太白《天台晓望》诗云：『天台邻四明，华顶高百越。门标赤城霞，楼栖沧海月。凭高远登览，直下见溟渤。』似真登绝顶也。

登临华顶最高峰，极目苍茫接海东。

云气久凝遮翠簇，霜花初结缀青松。
经台闲访禅师迹，茅舍漫寻太白踪。
伫立山椒因作赋，试将短韵寄长风。

观石梁飞瀑

1981 年 11 月 18 日

天台山上方广寺与下方广寺之间有石梁飞瀑。石梁即唐诗人所称石桥，为天台胜境。此来见一石高拱，宛如仙桥。视之胆寒，遑论过桥。俯视飞瀑，如神龙掉尾，奔雷喷雪，因成一绝。

方广山川天下奇，石梁飞瀑信多姿。
奔雷喷雪回深谷，正是神龙掉尾时。

赤城山

1981 年 11 月 19 日

太白诗云：『天姥连天向天横，势拔五岳掩赤城。』赤城山亦因之驰名遐迩。此山不以高大著称，而以雄奇见长。山腰火烧岩如流霞，如雉堞，色为赤，形如城，故名。

赤城雉堞信如城，方塔高标入紫冥。
半壁红霞流不散，特然独照万山青。

游天姥山

1981年11月20日

自太白《梦游天姥吟留别》传世，天姥山亦以神奇闻名。今登天姥最高处，但见新松数株，一片荒凉，不见万转之千岩，不闻山泉作龙吟，可谓平淡无奇。因知诗人之笔足以补造化之功，为山川增色。

千秋传诵谪仙吟，梦里神游天姥岑。
此日登临寻幻境，唯闻风伯语松林。

杭州岳坟

1981年11月22日

杭州岳坟于十年动乱期间，亦遭浩劫。今已修复，焕然一新。再度瞻仰，为赋一律。

孤坟旧貌换新容，宰树无枝向北风。
一片忠心昭日月，千秋浩气贯霓虹。
灵前祭奠斟浮绿，湖畔低回叹落红。
民族精神传万代，轩辕赤帜拂长空。

孔林吊孔尚任墓

1981年12月4日

孔东塘尚任于曲阜石门山筑秋水亭，并为作记。驱车至石门，未见其亭遗址，归途于孔林之中访得其墓，碑书：『奉直大夫户部广东清吏司员外郎东塘先生之墓。』为雍正十三年四月所立。虽为清吏，不以政绩名世，而以其所著《桃花扇》名闻遐迩，因有所感，为诗吊之。

卜筑石门迹已荒，孔林来吊孔东塘。

桃花扇底流风韵，不道斯文韵最长。

登济宁太白楼

1981 年 12 月 7 日

传任城有太白酒楼。古任城今属济宁市，后人于济宁城垣筑太白楼，以为酒仙胜迹。楼上碑刻甚夥，多为吟咏太白之诗。古任城于元代迁城济宁，此城自无太白遗踪，然文化传承，向来不拘泥于史迹，考据家必也别具只眼。

城上崔嵬太白楼，长存胜迹济宁州。

峄凫碧影经今古，漕运白帆任去留。

一记题厅名四海，三杯敬客颂千秋。
遗踪何用分真假，为吊仙人总自由。

后记：

2013年11月15日，重访太白楼，已修葺一新。元朝运河改道，流经济宁，济宁便取代兖州，成为东鲁政治、经济、文化中心，太白楼即应运而生，成为李白山东游踪的重要标志，也是四民追思李白的一种凭据。又作《重访济宁太白楼》诗云：『生前似梗任漂流，身后游踪尽酒楼。不有诗书传四海，何能标举济宁州。』

登泰山

1981 年 12 月 16 日

经十八盘，上南天门，因诵太白诗：『天门一长啸，万里清风来。』及至岱顶，寒风拂面，四望苍茫。古人云：『登泰山而小天下。』此言不虚，是亦『山登绝顶我为峰』也。

危磴高梯十八盘，严冬拭汗试登攀。
天门长啸松涛烈，岱顶低吟夜气寒。
今古擅名冠五岳，峥嵘出世小千山。

吾颇此际成峰首，俯仰茫茫宇宙宽。

为泉州开元寺元宵灯会而作

1982 年 1 月 22 日

泉州开元寺元宵灯会，来函约为作诗致贺，因叠去年元旦感怀旧作韵以应命。

元夜月明忆故家，桑莲法界笑声哗。
遥酬大道三杯酒，独吃清风七碗茶。
不管鬓边飘白雪，犹期笔底发红花。
回黄转绿春常在，热血岂能冷岁华。

南阳卧龙岗谒武侯祠

1982年6月10日

南阳有卧龙岗，或以为孔明闲居之所。诸葛草庐属南阳抑或属襄阳，争持不决，两存其迹。经两地凭吊，想诸葛以其雄才逐鹿中原而卒无所成，当是时势使然，为之一叹。

白河翠柏卧龙岗，又见武侯祭祀堂。
但忠先主兼后主，不辨襄阳与南阳。
高名本自凭高德，感戴每因触感伤。

吊罢沉吟无写处，起看云树莽苍苍。

后记：

2012年10月14日，访武侯祠。诸葛草庐，当在古隆中，曾属南阳，后归于襄阳，故南阳复于所谓卧龙岗建草庐，以为纪念性遗迹。郡守顾嘉蘅有对联云：『心在朝廷，原无论先主后主；名高天下，何必辨襄阳南阳。』允执其中，亦有见地。此来又作《南阳诸葛庐》诗：『岗上草庐隐卧龙，象床宝帐见高风。我来二顾心仪久，为羡三分盖世功。』

天津桥怀古

1982年6月12日

洛阳天津桥始建于隋，在皇城正门外，南至建汉门，为都城往来通衢，亦为形胜之地。唐代重修，垒石为墩。今尚有残桥一孔，相传为隋唐遗物。太白曾于春夜洛城闻笛，醉饮桥南董糟丘酒楼。触景生情，吟成一律，以纪胜游。

残桥依旧卧黄沙，最羡隋唐盛物华。
御道驻车车驻马，天津流水水流霞。

笛闻杨柳思乡曲，楼醉糟丘酿酒家。
今见青青禾黍色，凌波犹忆洛神娃。

后记：

2012年10月11日，重访洛阳天津桥，此桥留下诸多故事，桥下洛水有曹植洛妃凌波微步故事，桥头有董糟丘酒楼宴李白故事，桥上有邵雍闻鹃故事，历代诗人题咏不计其数。隋桥、唐桥、宋桥，旧址已很难考定，惟有单孔桥、林森桥、公路桥之类近代桥梁，可为历史作证。或说离今桥西200米，发现隋唐桥墩，然实地察访，却无人知晓。如欲叩问洛神，只好进入华胥梦境，阴阳有隔，恐亦无果。赋诗一首：『又到天津访古桥，车如流水马萧萧。洛妃微步知何处，燮理阴阳一梦遥。』

吊白少傅坟

1982 年 6 月 12 日

白居易晚年居于香山，卒于香山，葬于香山。后人移其坟于伊水大桥之东琵琶山上，墓碑书『唐少傅白公墓』。今谒荒坟，诗以吊之。

孤坟底事拥琵琶，长记浔阳听荻花！
欲济苍生成逐客，却抛宏愿付流霞。
醉吟伊阙诗当酒，隐遁龙门寺作家。
自古儒冠多寂寞，瓣香拜罢日西斜。

后记：

2012年10月10日，至龙门，寻访当年上东山所见白居易在山间巨石上捐资所凿之『西方净土变』，只见万佛沟摩崖有所谓『西方净土变』，然未说明此系白居易所捐，自非白氏所凿无疑。白少傅坟今已围入白园，成为重要游览景点，而白居易履道里故居，则仍荒芜，未经修缮，我们只能从围墙外拍摄其破败景象，不禁感慨系之。作《白园履道寻踪》诗云：『西方净土觅无踪，何处乐天悟色空。更自白园寻履道，苍茫暮霭带秋风。』

陕州故城怀古

1982 年 6 月 20 日

陕州为周、召二公分陕之处，甘棠遗爱犹传于民间。州城因建三门峡水库拆迁于今三门峡市。故城濒临黄河，废址尚存残垣断壁，又有宝轮塔斜立于荒野。到此令人发思古之幽情。

一堵颓垣故陕州，宝轮斜塔历千秋。
四围青嶂环天立，万里黄河入海流。
石柱分疆经眼底，甘棠遗爱到心头。

登高回望三门峡，绿映新城叠叠楼。

后记：

2012年10月13日，至三门峡访故城遗迹，今辟为城市公园，为街道高楼所环抱，已无复当年壮观矣。倘非宝轮寺塔依然斜矗园中，定不信其为陕州故城也。作诗一首：『依然斜塔立山头，辟作公园号陕州。半堵颓垣无处觅，红花绿树闹金秋。』

潼关古城吊古

1982 年 6 月 22 日

建三门峡水库，潼关城亦废。今察故址，城垣已败，不见所谓十二连城矣。然倚山阻河，形势仍见险要。古来征战之地，生灵涂炭之所，览之能不兴叹！

百二雄关万丈城，连城十二尽夷平。
野抛白骨魂无主，血染黄河水有腥。
险路高低山崛起，残垣上下草丛生。

古来成败由人事，秦岭苍苍但地形。

后记：

2012年10月22日，重访潼关。潼关旧县迁至桃林，三十年前由桃林新潼关县骑自行车到故关考察，今则驱车直奔故关，而返桃林午膳。原址未被水淹，居民渐多，业已形成小镇规模，若干年后，定然『又是一条好汉』。吟成一绝：『潼关寻访卅年前，蔓草荒坡掩断垣。人气此来又兴旺，望楼新见立山巅。』

夜宿镇岳宫

1982 年 6 月 24 日

华山镇岳宫在莲花峰，峰上石壁如莲瓣，此宫恰如莲房。夜宿宫中，如入仙境，戏为一绝。

一枝出水上天中，蕊作绛仙夕照红。
夜睡莲房多美梦，醒来盈耳尽松风。

登落雁峰绝顶

1982 年 6 月 25 日

落雁峰为华山最高峰，峰顶有巨石，石中有一池，池水虽久旱亦不竭，名曰天池。晨上天池，天风吹袂，飘然欲仙。华山多仙人传说，良有以也。立于峰巅，东峰巨灵掌，中峰玉女盆，均可想见，因赋成一律。

晨登华岳最高峰，足濯天池袖引风。
回首东岩迎晓日，俯身西壁探芙蓉。
巨灵招手情诚笃，玉女捧浆意更浓。

呼吸之间通帝座，何须控鹤入云中。

后记：

旧本题唐冯贽《云仙杂记》载，太白登落雁峰，尝云：『此山最高，呼吸之气想通天帝座矣。恨不携谢朓惊人诗来，搔首问青天耳。』

马嵬坡

1982 年 7 月 1 日

兴平县马嵬坡杨贵妃墓，古来骚人墨客吟咏极多。或云杨贵妃误国，似不必作如是观。今见荒坟，亦赋一律，反其意而咏之。

鼙鼓无端怨绮罗，可怜魂断马嵬坡。
三山缥缈姻缘少，一冢峥嵘感慨多。
委地花钿皆化土，横天渭水只流波。
烟云满眼如愁织，低首默吟长恨歌。

谒乾陵

1982 年 7 月 4 日

乾陵为高宗、武后之陵，陵前左右有奶头山，如双乳隆起。谒陵归途车中回望，其形极似睡美人，因戏为一律。

遥望乾陵似美人，乳峰隆起卧文茵。
造型应是天公手，睡态莫非武后身。
大业功成轻纪颂，盛朝威烈重王宾。
坤元未必输明主，无字碑存万古珍。

邠州怀古

1982年7月9日

邠州（在今陕西咸阳市彬县）在泾水之滨，传为古公亶父立国之处，为西周发祥地。为戎狄所逼，移国岐山。彬县诸景有『邠山仪凤』，邠山又名凤凰山；有『明岨金翠』，水帘洞之侧为明岨山；又有『周墓盘龙』，为早期墓葬群。杜甫《北征》诗云：『邠郊入地底，泾水中荡潏。』县城处于谷底水滨，信有入地底之感。

泾水逶迤地底流，征轺越岭下邠州。

清凉礼佛攀崖壁，明岨燃灯看火楼。
仪凤其谁思履迹，盘龙何处觅坟丘。
古公移国千年事，云树苍茫一望收。

蒲城金粟山访泰陵

1982 年 7 月 12 日

雨后访金粟山泰陵，荒坟寂历，阴翳迷茫，似有『雾掩山羞』之意，因思明皇是非功过，诗以论之。

国家殷富庶民康，造极登峰号盛唐。

不有霓裳飘绮殿，何来鼙鼓起渔阳。

圣皇贪乐成昏主，昏主蒙羞谥圣皇。

金粟山头犹掩雾，荒陵沉寂渭流长。

后记：

『何来』原作『自无』，缪钺先生改作『何来』，的是高手。

『金粟』二句，原作『今来金粟山前望，雾掩荒陵渭水长』（见《诗词集刊》一九八三年第二期），仓促之间，平仄失黏。经启功先生指出，重加调整，改为今句。

吊黄陵

1982 年 7 月 15 日

黄陵即黄帝陵，又称桥陵，在今陕西黄陵县。此地唐代属坊州中部，太白游坊州时，尚无桥陵之说。据说轩辕庙是宋开宝中才移建于中部县北桥山，元明清屡经重修，流传至今。明李梦阳《桥山》诗云：『黄帝骑龙事杳茫，桥山未必葬衣冠。』然而，作为文化遗迹，黄帝陵已成为民族精神的象征，故拜罢桥陵，为赋一诗。

桥山弓剑总关情，吊罢黄陵百感生。

十亿龙孙承壮志，五千麟史载文明。
瓜分尝叹金瓯缺，璧合犹期桂月升。
更上仙台骋目望，万株松柏共云横。

吊秦穆公墓

1982年7月21日

凤翔有秦穆公墓，其南有三良墓。《诗经·秦风·黄鸟》即刺三良殉葬之事。今立穆公坟头，慨然有感，吟成一绝。

强秦事业已丘荒，独剩坟头寄凤翔。
黄鸟哀歌闻欲绝，那堪南望对三良。

石淙

1982 年 7 月 25 日

石淙山在今登封东南三十里，武则天建三阳宫于此，宴会群臣，临流赋诗。今寻故迹，屋宇荡然，奇石犹在。当年摩崖诗刻，依然露立于水滨。时久旱未雨，其源断绝，石淙之水行将枯涸。一代胜迹，已经荒废，为之一叹。

则天皇帝信雍容，宴饮群臣会石淙。
宫殿倚山开奥府，云根入水作奇峰。

歌沉宦海无消息，诗照摩崖有雅风。
旱绝清源摧胜境，悠悠天外望神龙。

登嵩山峻极峰

1982年7月27日

武则天登封于嵩山峻极，其后复遣使臣胡超投金简于峻极石罅。金简于近日为老农所发现，始揭开千年之秘。为寻踪迹，由崎岖小路攀登极顶，观察发现金简之石罅，复于石缝觅得北宋铜钱一枚，可谓不虚此行。沿武则天御道下山，途中成诗一首。

屈曲崎岖一径斜，红黄蓝紫满山花。
石奇似倩神工斫，岳好正须薄雾遮。

伊昔翠华封峻极，我今白发访仙家。
归来御道寻踪迹，三十六峰尽暮霞。

后记：

金简所刻文字：『大周国主武曌好乐真道长生神仙，谨诣中岳嵩高山门投金简一通，乞三官九府除武曌罪名。太岁庚子七月甲申朔七日甲寅，小使臣胡超稽首再拜谨奏。』

游晋祠

1982年8月21日

太原晋祠在悬瓮山麓，为祀唐叔虞及其母邑姜而建。祠内有清泉，即晋水源头。古来为游览胜地。太白忆旧游诗云：『晋祠流水如碧玉。』来访太白游踪，适逢庙会，摩肩接踵，热闹非常。看了圣母殿宋代四十三尊泥塑，栩栩如生，十分传神。

分封桐叶事非奇，悬瓮山前有晋祠。
涌地灵泉流碧玉，横天周柏舞青螭。

半空楼阁呈佳构，满殿宫娥斗艳姿。
此日喧哗逢庙会，熙熙攘攘乐清时。

后记：

2004年6月3日，老干部组织三晋之游，至太原见晋祠泉水依然喷涌，据说乃人工所造，赋《重访晋祠》一绝：『晋祠重访廿年期，周柏依然似旧时。见说泉源真变假，世情怪道转浇漓。』

蓟县访古书怀

1982年9月7日

天津蓟县城门大书『古渔阳』，传为安禄山发难之处。今访遗迹，追忆史事，于真假忠逆忽有所感，发而为诗。

昔年鼙鼓起渔阳，叛帜狂麾古月乡。
上国苍黄迁辇驾，中原横溃走豺狼。
承平未易分忠逆，板荡当能辨豫章。
虎穴寻踪增感慨，盘山山外看云翔。

次韵周汝昌步雪芹旧作

1982年9月23日

周公汝昌有步雪芹旧作诗一首，录于宣纸，作为墨宝馈赠，诵罢欣然，即时次韵奉酬；周公见诗，谬夸捷才，汗颜无似。

遥对西山日暮吟，红楼大梦幻情深。
风吹花落周园影，石破天惊匝地阴。
杞国有忧唯叹喟，娲皇无迹可追寻。
一船清酒添愁绪，黄叶萧萧月满林。

后记：

附周汝昌原作：『半天听作凤鸾吟，一境萧萧万竹深。诗轴不缘花鸟重，琴囊每傍露苔阴。苍茫饮罢归无处，排奡神来笔是寻。想得著书当日意，满村黄叶照疏林。』

题乌纱帽答周汝昌

1982年11月11日

平生最恶官本位，亦无意为官。周公来函称待在下为人文社长时，步芹溪诗结集，自可关照出版。因信手写下四句为答。

周郎相戏赠乌纱，一梦南柯蚁徙家。
曾向卢生询祸福，最宜携枕枕烟霞。

周公推才志感次韵奉酬

1982 年 11 月 15 日

周公汝昌作诗快捷，我等彼此通气，多以诗代简。来诗有独推清才之意，有感于时下风气，当即次韵奉酬。

于今到处说怜才，虞阪盐车照样推。
若得食刍能果腹，纵然汗血亦开怀。
江东骓逝诚微失，冀北群空乃大灾。
莫待铜声成朽骨，孙阳尚自叫高抬。

后记：

附周汝昌《题赠清风馆主》诗：『人间何处不清才，每见林郎我独推。诗敢题糕添意气，墨谙行勒惬心怀。斋酸易想元朝士，馆冷难堪此样灾。青埂峰前伶庙小，山神舆辇叫高抬。』

游肇庆七星岩岩下有青莲村

1983 年 6 月 11 日

游肇庆七星岩，在石洞里发现郑芝龙曾刻诗于石壁，急拍照，后交南安县志办。此地有青莲村，与四川江油太白故里同名，以此吟诗一首，作为纪念。

曾游四海觅仙魂，肇庆青莲别有村。
崛起七星明夜水，平湖一鉴照朝暾。
树迎北岭新风气，石印西江古道痕。

此日登临天柱上，飘然昂首立云根。

无题一首赠屠岸

1983 年 7 月 31 日

与屠岸先生在中国文联不同单位，却同入团泊洼干校，又同到人文社，因有此赠。

风雨同舟减水深，不期相与入文林。
切磋翰墨精雕玉，裁剪嫁衣密引针。
虞阪盐车悲汗血，高山流水感知音。
奈何瓦釜如雷响，犹自多情抚素琴。

水调歌头·赋得峨眉山次韵蔡厚示中秋见怀

词作

1983年10月12日

忆昔沉沧海，今仰出云端。峨眉西极环顾，
怜月正团团。更喜清风吹拂，但见浮烟消
散，明似紫金丹。山月相辉映，太白唱歌
欢。　山流水，水流月，气相干。山高月
小，无限风光正好看。常变黄尘清水，
当识盈虚消长，何必问温寒。且奏峨峨曲，琴韵激骚坛。

后记：

附蔡厚示《水调歌头·中秋望月兼怀林兄东海》：『表里澄莹物，飞上碧云端。碧云焉肯相让，布雾作疑团。且向沧溟深处，蓄我精神气力，九转炼金丹。待得喷薄出，霄壤共腾欢。左持蟹，右擎杯，劝君干。人生自有，流水高山着意看。不信升沉前定，莫问穷通何所，血热岂惊寒。但愿光华永，长照闽诗坛。』又，八三年十一月九日接蔡厚示《望海潮·酬林兄东海新词见赠》：『温陵才子，京华骚客，珠玑络绎成章。清韵妙声，天然好语，真堪压倒姜张。高义薄云翔。笑秦七黄九，欠此昂扬；　腻柳豪苏，徒伤斟酌费评量。　今生喜识汪洋。喜东溟浩淼，汇纳千江。鸥鹭迅飞，樯帆稳泛，繁星掠影无妨。时与我猖狂。亦怒涛卷雪，喷气凝霜。但羡峨眉月景，山净水绵长。』

题黄润苏师《澹园诗词》

1983年10月28日

润苏黄师所作《澹园诗词》，将结集出版，来函命学生为题一诗，不敢有违，因有是作。以其任教复旦多年，故桃李满天下，因有桃色李魂之语，是亦『思无邪』也。

峨眉毓秀秀长存，文采风流入澹园。
情压闺中千载韵，诗欺墙外一枝春。
红心化作红桃色，白璞雕成白李魂。

两卷诗词如漱玉，夜阑吟罢感师尊。

元夜怀乡寄远

1984 年 2 月 8 日

泉州开元寺又举办元宵灯会，因有是作。

人文荟萃数温陵，元夜桑莲瑞气凝。
诗语连珠千首妙，灯光和月万家明。
南音古乐调新曲，北客乡心恋旧情。
复遣吟魂飘过海，故园花树乱飞莺。

为李勤政同学墓碑拟铭文

1984年8月1日

李勤政乃在下复旦同班同学，1962年毕业分配到部队，赴越南参战，中美军子母弹，下半身瘫痪，回国住北京空军医院。1967年余到北京，常到医院探视，不胜感慨。无法治愈，终于谢世。同窗诸友在其故乡漓渚立碑，因为撰碑铭焉。

绍兴漓渚，竹翠松青。

越东烈士，燕北英灵。

丹心赤胆，玉洁冰莹。
贞珉璀璨，百代芳馨。

大匡山访太白读书台

1984年10月27日

1984年10月，余赴四川江油参加李白歌诗讨论会，会后于27日与江油丁君稚鸿、大梁葛生景春、任城郑卿修平，结伴骑自行车往访大匡山太白读书台，下山成诗一首。

漂泊一生道路艰，白头未返大匡山。
空将霜剑抛尘外，独剩云泉响谷间。
碑石模糊文字古，书台颓废锦苔斑。

嘤鸣结伴寻仙迹，阅尽千峰带月还。

后记：

2012年8月11日，江油会后，随主人访大匡山，意者欲于旧址建『匡山书院』。当年登大匡山，但见文化遗存废于荒草之中。如今已是满山茂林，风景大殊，举目一片生机。为作一诗云：『匡山忆昔访书台，碑石模糊长绿苔。荒草今来成茂树，喜闻书院欲重开。』

故乡深井吟

1984年12月11日

深井俗称深内井，清泉富足，为抗旱资源。儿时常在此井吊水抗旱，乡人议及昔日踪迹，因有此作。

雪泥鸿爪漫追寻，霞映天边日未沉。
深井岂忘千桶水，高榕犹记八哥音。
思乡曾落双行泪，报国但抛一片心。
埋骨何须桑梓地，青山顶上且歌吟。

题为上海家庭蝴蝶展

1985 年 9 月 4 日

上海举办家庭蝴蝶展，来函征诗，因有是作。诗多用蝴蝶典事，无需详注，但翻检《渊鉴类函》，则尽明白。

翩翩栩栩扇繁英，舞罢轻姿一叶横。
回枕未知随物化，过桥犹逐卖花声。
无情搅破庄生梦，有意揄扬谢逸名。
入伴滕王添画卷，冰魂玉魄总坚贞。

赞母校南安一中兼赠一中青年

1986年4月22日

母校南安一中有《一中青年》小报，为题诗一首。

西溪流水水流长，母校光华照四方。
书海恩师频指引，文场学友共腾骧。
春风着意施霖雨，云木自堪作栋梁。
更喜园中小桃李，含苞未放已芬芳。

咏圆明园黄花阵

1986年5月18日

每到圆明园，见建筑石雕残迹，必忿忿然；新来黄花阵见造迷魂阵，多植菊花，因赋一诗。

黄花阵上节花黄，曾放金精艳帝乡。
一夜西风摧老圃，百年北苑息幽芳。
却回绿萼凌霜气，复见紫茎映水光。
今日喜开新境界，东篱和酒对秋阳。

登蓬莱阁

1986 年 8 月 29 日

到烟台休假，驱车至蓬莱，上蓬莱阁游观，不见海市蜃楼，然海浪云天亦足壮我心怀，立于丹崖刀鱼寨，想戚继光当年在此训练水师，因怆然吊古。

登州访古上蓬莱，高阁凌空曙色开。
云外蓝天天接水，岸边白浪浪鸣雷。
仙家海市今微矣，戚氏楼船昔壮哉。

独立丹崖增感慨，刀鱼寨顶湿风来。

访威海刘公岛

1986 年 8 月 29 日

游览中日海战遗迹，壮烈而悲愤，有怀邓世昌、丁汝昌，诗以吊之。

舟行白浪中，海上有雄风。

岛屿千松绿，辕门八柱红。

丙寅怀邓氏，甲午祭丁公。

正气依然在，长虹贯碧空。

次韵酬毓昆端午感事

1986 年 9 月 15 日

毓昆张兄于南安为副县长，主管文教，好吟诗，成立武荣诗社。端午诗会，作感事诗，忆及十年动乱期间罹难，因次韵奉酬。

凛然正气出刚肠，化作秋风振肃霜。
曾以干戈旋地轴，还从霹雳识天常。
琴鸣柳邑诗潮盛，雁旅都门意兴长。
引领南云乡路远，西溪流水水汤汤。

后记：

附张毓昆《丙寅端午武荣诗会感事》：『险夷原不滞肝肠，几度狂飙鬓已霜。廿载躬耕知左味，三年面壁识无常。横刀愧我捐躯晚，俯首任他嚼舌长。且喜诗潮春汛早，大江高唱气汤汤。』

题九日山赠华侨中学

1986年10月16日

毓昆、德芳师招游九日山，并访华侨中学，午膳毕，毓昆命为侨中题诗，提笔沉吟霎时，即于宣纸上写下四句；毓昆谓『九日』又有新解，余谓吟诗不同于考据，情之所至，不必泥于史实，此文史之所以不同也。

昔年后羿大弓弯，九日纷纷落此间。
灵气所钟多秀士，斐然文采耀人寰。

赠黄三皇

1986年10月18日

黄三皇乃民间艺人，所雕佛像，颇为精巧，誉满东南。其所雕大尊卧式观音，栩栩如生，堪比维纳斯。曾赴约宴集，酒后为赋一绝，刻于院中石上。

香飘四海藉轻风，艳艳花开山里红。
光照艺坛增异彩，古来人巧胜天工。

忆南安英都旧游

1987 年 1 月 10 日

高中时，曾游英都，素月孤舟，并题绝句，因此结缘。八十年代，英都欲修志书，索诗题赠，因有是作。

英山岳立最风流，博得声名满海陬。
丹穴桐花飞彩凤，碧溪月色照扁舟。
岂无文教传三统，自有雄材散九州。
人杰物华能两盛，汗青载誉足千秋。

次韵奉酬清雄兄见寄

1987 年 2 月 25 日

于毓昆家宴集时，结识清雄兄，亦诗社之翘楚者；之后赠诗一首，因次韵奉酬。

初春雁字喜飞来，友谊诗情两溥哉。
虞阪盐车曾偃蹇，康庄控辔岂儃佪。
论交倾盖披胸臆，谈笑当轩举玉杯。
遥望南天云外树，桑榆之上晚霞开。

后记：

附黄清雄《喜会东海先生》：『有朋难得远方来，小集蜗庐亦快哉。曲径行吟诗婉转，低檐坐对月徘徊。同看隐逸花千朵，高举殷勤酒一杯。最是倾谈惊四座，传灯又见藻心开。』

过通州有怀乡贤卓吾先生

1987 年 5 月 1 日

卓吾原名林载贽，曾移家三堡胭脂巷，其叔父章田先生之墓即在村后小山。余与卓吾忝为同乡，儿时常到章田坟头嬉戏。今有事赴通县，过李贽墓，因题七律一首。

长埋冤骨运河滨，留得焚书四海珍。
论道是功还是利，昌言非圣未非人。
七情物理何容假，一念童心但保真。

杰魄应谙桑梓路，温陵光景日争新。

五十初度诗以自寿

1987年9月9日

半百人生志每违，既知天命复知非。
酸甜苦辣谙滋味，雨雪风雷识化机。
骨血依然横正气，桑榆犹得带斜晖。
清轩自寿斟清酒，醉看孤云度翠微。

登彭城戏马台吊霸王

1987年12月2日

出差徐州，联系书稿，上戏马台吊项羽，作诗一首。颈联借用罗隐《筹笔驿》：『时来天地皆同力，运去英雄不自由。』非独创也。

当年戏马上高台，犹忆乌骓舞步开。
九里狂沙怜赤剑，八千热血恨黄埃。
时来竖子功名立，运去英雄霸业摧。
回首楚宫空胜迹，云龙山外鹤鸣哀。

吊台湾从兄林夷球

1989年12月18日

从兄夷球1948年移居台湾，此后音问断绝。于7月间，忽来电话，谓10月将到北京。不意溺水仙去，及闻噩耗，赋诗吊之。

一别乡关四十年，梦中犹念少时缘。
忽从碧海通音问，曾约金秋看月圆。
正待开樽同品味，岂期溺水独成仙。
寒窗夜坐空追忆，聊写哀情寄九泉。

咏龙题为现代书画展

1990 年 11 月 17 日

应现代书画展之约，为书写咏龙文化七绝一首。

荆山铸鼎下神龙，弓剑怀思四海同。

赖有华文连血脉，炎黄一气化雄风。

酬澹庐主人次韵其小聚吟

1991年2月26日

澹庐暮拂柳湖烟，楼上光明自在天。

议论又添新格调，诗文未了旧因缘。

事功能解三生梦，醉酒聊参五味禅。

促膝输心听漏永，余情遥寄断鸿边。

后记：

附张毓昆《澹庐小聚吟别林君东海》：『小楼寒夜茗生烟，煮酒论文别有天。一壁龙蛇佳士趣，千竿浓淡故人缘。无言相对听流水，欲语沉吟转悟禅。今夕为君吹折柳，明朝散入霸桥边。』

题南安干休所

1991年2月26日

宋王安石罢相后，回归金陵半山堂，作咏史诗云：『我亦暮年专一壑，每逢车马便惊猜。』退休干部不当如此。龚定庵杂诗云：『落红不是无情物，化作春泥更护花。』似可借鉴也。

曾将热血荐中华，赢得桑榆满眼霞。
何必暮年专一壑，泥香未退入春花。

鲤城赠王重庆

1991年3月12日

南安一中校友王重庆，曾宰南安，多次相约参与家乡社会活动，以其索书，故赠诗一首录以谢之。

柳溪流水水长流，忆昔同窗岁月稠。
碧海扬帆曾破浪，青山极目更登楼。
浮沉岂顾风云变，忐忑端为社稷忧。
求索屈平甘九死，固当辞赋照千秋。

集龚定庵句四首

1991 年 3 月 19 日

见冰心女史集龚句多首，心有所动，亦集四首，不知所云，但爱其音调铿锵耳。

其一

定公四纪遇灵箫，江上骚魂亦可招。

各搦著书一枝笔，秋心如海复如潮。

其二

风烟培护渐岧峣，声满东南几处箫。
赖是摇鞭吟好句，万重金碧影如潮。

其三

长天一月坠林梢，尘劫成尘感不销。
我有箫心吹不得，四厢花影怒于潮。

其四

清樽读曲是明朝，剑气箫心一例消。
世事沧桑心事定，木樨风外等秋潮。

悼诗翁吴耀堂先生

1991 年 3 月 20 日

吴耀堂先生，号夙川散人，泉州人。侨居日本，任职神户华东联合有限公司，退休后居香港，先后任香港东南亚研究所董事长及南安武荣诗社顾问、泉州刺桐吟社顾问。先生仙逝，故乡诗友告知噩耗，因作诗悼之。

噩耗惊闻寄断鸿，惘然南望仰高风。
细拈好句神能妙，直吐真情气自雄。

诗博声名悬白月，魂归桑梓见青枫。
宜招仙客骑鲸返，共向人间化彩虹。

赠丁马成

1991年5月17日

星洲丁公马成原本经营橡胶生意，在世界同行中，允执牛耳；从商失败后，组织湘灵音乐社，演唱泉州南音，自编曲词，颇有影响，曾在英伦获奖。弃商从艺，自得其乐，快意无似，因赠之以诗。

为闻鼓瑟访湘灵，有幸天南遇马成。
古乐潜研翻古意，新词独创谱新声。
曲中白雪千秋韵，弦上黄莺万里情。

沥胆披肝虬髯客，悠然树帜拂蓬瀛。

后记：

附丁马成酬赠对联：『异鱼东海生千岁，玄豹南山露一斑。』

成义招饮与马成衮衮诸公会于华侨银行大厦感而有作

1991 年 5 月 25 日

李光前先生临终成立李氏基金会，热心慈善事业，在全球颇有影响。其公子李成义掌管基金会，能守成又能发展，口碑赞颂有加。应邀到华侨银行大厦预其宴集，感其恳诚，为诗颂之。

曾归桑梓访芙蓉，长仰令名誉望隆。
寰宇苍生沾雨露，满堂鸿烈转光风。

敢将海岳罗胸次，未许烟尘映眼中。
行义承先而启后，瀛洲喜复见衡嵩。

酬海外庐主潘受先生

1991 年 5 月

新加坡访潘老虚之先生，辱承错爱，惠赐二诗。情重如山，因答一律。

魏卿千里访青莲，我亦浮槎谒海仙。
异代同怀怜朗月，此生独幸结忘年。
枕间梦幻人间味，诗外工夫物外缘。
自古衣冠能化土，文章不朽日高悬。

后记：

附潘受赠林东海诗二首：『声名京国播词林，空谷何来此足音。庄舄所操唯越调，子期虽遇愧牙琴。人间瓦釜纷轰耳，物外霜毫自写心。乡里会归同款段，天涯先共赋苔岑。

白头借酒作朱颜，一拙堪将百虑删。涉世难宜求隐遁，杜门好赖养愚顽。若能潘阆交和靖，敢望任渊注后山。闲到忘闲闲亦得，古人有例号闲闲。』

赠林天晓

1991 年 7 月 23 日

天晓与余为同乡，少时同上榕桥中心小学，长余多岁，早年旅居新加坡；今久别重逢，感慨万端，电话中多忆儿时家乡景物故事，乡情依旧，诗以赠之。

绿水青山忆梓桑，同窗年少各争强。
苍颜聚首天南国，依旧音情似故乡。

寿缪钺先生九秩初度

1992 年 9 月 13 日

八十年代中，赴四川江油开会，夜间与林家英学长听缪钺先生讲宋词，深受教益。此后时有诗词交流，复受沾溉。先生九秩大寿，诗以颂之。

德文高并玉峰寒，一夕良师仰大观。
笔势横飞腾剑气，词源倒泻落风湍。
节同户外千竿竹，香出心中九畹兰。
祝愿期颐身更健，桑榆满眼映霞丹。

郑成功颂

1993 年 2 月

南安石井拟建郑成功碑林，毓昆招余前往观察地形，参与谋划，并命余为书一碑，因赋《郑成功颂》一绝，回京草书录之，却寄勒石。

拚将热血救衰微，焚却青衣着铁衣。
奋臂龙旗横海上，风涛万古壮声威。

送中岛先生归日本国

1993 年 3 月 21 日

日本友人中岛敏夫到北京语言大学作汉学研究，期满将回日本，朋友为其饯别，余为赋一诗，书成立轴，作为礼品赠别。

别酒离歌意味浓，燕京花月正春风。
乡心应挂扶桑树，极目云天送远鸿。

访码头镇

1993 年 11 月

南安码头，唐出诗人欧阳詹，字行周，与韩愈同登龙虎榜，高盖山至今犹流传其吊母行迹。文采风流，绵延不绝，斯文犹存，有码头诗社。回乡到码头一游，感而有作。

为品诗溪水，驱车到码头。
前贤能雅咏，后学亦风流。
绿野歌新貌，青山忆旧游。

行周人仰止，高盖白云秋。

闻新加坡李成智先生于世界各地捐建图书馆感而有作

1993 年 11 月

李成智为李成义先生胞弟，赴星洲于华侨银行大厦宴集时，曾经谋面，自谓于世界各地拟捐建图书馆十五座，已于英伦、中国建了数座；乐此善举，诗以赞之。

原是九天东壁星，尘缘未解谪南溟。
捐资爱建图书府，依旧灿然四海明。

后记：

是诗手迹刻于木匾，悬挂南安梅山公众图书馆大门内，与启功先生书法对举。

光前先生百年冥诞次先楫韵

1993 年 11 月

星洲友人郭先楫，出示其纪念李光前先生百年冥诞诗作，次韵奉和，以为纪念。

梅芦灵秀毓畸人，鲲海鹏风变化新。
万里图南仍顾北，一生茹苦复含辛。
雨云润出嵩山表，桃李芳传泗水滨。
太上舅甥同立德，光昭日月与天邻。

后记：

附郭先楫《李光前博士百岁诞辰纪念》：『百年淹忽几多人，令德高风日月新。济困扶危轻一掷，献金兴学历千辛。国光子弟皆才俊，华夏声名播海滨。大侠从来归市隐，同乡忝与李公邻。』

赠张文勋次其无题诗韵

1993 年 12 月

诵云南大学文勋兄《凤樵诗词》，如饮清泉，如品醇醪，不独天然可爱，更有一片真情自肺腑中流出，深得吾乡卓吾先生之童心也。有感其身世，因次韵以赠，亦有以寄兴焉。

心涌灵泉笔卷澜，春温可敌布衣寒。
厌听鸱吓争微物，喜见凤骞越远峦。
处世常迷庄子梦，赏音最爱伯牙弹。

牧牛我亦山中竖，赋得遂初境界宽。

后记：

附张文勋《答东海》：『浮生几度历狂澜，雨雪风霜未觉寒。天地为怀同物我，云山着意恋岑峦。多情棣萼凭君唱，一曲心声任我弹。淡泊无求唯尚友，安贫乐道海天宽。』

狮城感怀赠别郭兄先楫

1994年8月20日

尘海苍茫万里赊，岂堪踏浪走天涯。

烟生水面迷朦雾，石激潮头散绮霞。

云上七星空酒斗，风中一楫胜仙槎。

相期汗漫游京国，痛饮狂歌拂剑花。

题赠香江南安公会并诸乡亲学友

1994年8月24日

自星洲归来，途次香江，乡亲学友盛情接待；游南安公会，留诗一首。

蓬矢桑弧射四方，男儿远志似鹰扬。
月明千里关山夜，聚首天涯望故乡。

祥霆临寒舍小酌弹琴感赋

1995 年 3 月 8 日

当代琴师李祥霆到寒舍，为小儿新买古琴调轸，并为奏《平沙落雁》曲，感而有作。

风尘澒洞廿年期，出入银台忆昔时。
岂肯营营同苟且，因甘落落复嵚崎。
文章未必能华国，世事依然似弈棋。
此夕听君挥一曲，自当尽兴斗清卮。

次韵奉酬吴捷秋即事有赠

1995年10月

捷秋吴先生执掌泉州梨园多年，少时喜读其《荔镜记》，有诗云：『尘世纷争名与利，何如仗剑客中行。』最为赏识，并引为鉴戒。

荔镜情浓岁月深，客中仗剑昔曾吟。
梨园压阵三鸣鼓，诗社摇旗一散襟。
每爱蟾光能下照，常尊牛斗自高临。
神交已久欣初会，把酒同斟故国心。

后记：

附吴捷秋《乙亥仲秋于南安贵峰诗村喜晤林东海教授书家吟长即事奉赠并乞哂正》：『诗章行草具功深，壁见纱笼每细吟。大著遥颁欣拜读，丰仪快晤慰披襟。高评奖赛垂膺聘，雅集研探下顾临。振我名城关大计，京华远系刺桐心。』

次韵奉酬曾阅感咏之作

1995 年 10 月

曾阅乃晋江诗人，热爱家乡文化，自撰《内坑志》，命余作序，不敢有违，应命序之。赠诗一首，次韵奉酬。

温陵多秀气，高阜出金刹。
屈曲盘文锦，铿锵掷地声。
深情笺上寄，妙句酒边萌。
乡谊堪珍惜，天涯海月生。

后记：

附曾阅《泉州刺桐吟社常务社委暨振万杯部分评委接待林东海教授感咏》：『诗赛初评日，温陵一识荆。言含乡井露，笔带野烟声。雅集金波近，浅斟俚句萌。虽非兰渚宴，亦足慰平生。』

回乡感赋赠黄仲咸先生

1995 年 10 月

黄仲咸先生旅居印尼，晚年以其所积资金，捐助家乡教育事业，于南安、厦门，各建必利达大厦一座，以所收房租全部作为教育基金，资助教育。

漂泊南洋岁月深，无端风雨苦相侵。

终申笃笃青云志，尚抱拳拳赤子心。

振铎怜才珍白玉，修身贵义贱黄金。

乡情一脉连桑梓，北望神州万木森。

题鲤鱼山

1996年8月

乌鲁木齐鲤鱼山游观，山在市中，以形似鲤鱼得名。山无巨大岩石，而石块又包裹众多鹅卵石，当是由河海经地质变化上升为高山者，有甚于沧桑之变。

石中包石作奇观，鹅卵何时出碧澜。

试问麻姑可曾见，此间大海变高山。

交河古城

1996年8月

交河古城是世界上最大最古老的生土建筑城，已保存两千多年，唐安西都护府设在此地。今游览古城，想起李颀诗『黄昏饮马傍交河』，顿生怆然之感。

断垣残垒古交河，先民城址据山阿。

黄昏饮马知何处，怀古思今感慨多。

天池

1996年8月

天池位于新疆博格达峰半山腰，是天然高山湖泊。湖水清澈，晶莹如玉。四周群山环抱，绿草如茵，野花似锦。有『天山明珠』盛誉。此来如入仙境，心旷神怡，快然为赋一绝。

白雪连云远望寒，瑶池揽胜上天山。

松林映水青如玉，果是仙家一大观。

访乌拉泊古城

1996年8月

乌拉泊古城位于乌鲁木齐西南郊乌拉泊湖畔，遗址略呈方形，古城距今已逾千年。有人认为，就是唐代轮台城。城内地面上曾发现辽、元时期的文化遗物。残城荒凉，唐代诗人足迹，已无从寻觅矣。

乌拉泊访古轮台，剩得残城土一堆。
欲觅东门送行处，满川白石接黄埃。

游水西沟

1996 年 8 月

水西沟位于乌鲁木齐南郊天山北麓，其南部为山地丘陵区，北部为山前冲击平原，白雪苍松，晶莹如玉，雪上运动天然佳处。古典文学会议结束，朱毓麒先生组织游水西沟，试骑白马，与哈萨克族同胞一起饮酒吃烤羊，是亦潇洒走一回也。

天山脚下水西沟，雪水松林此地游。
哈族毡包同醉饮，试骑白马学风流。

鸣沙山

1996 年 8 月

鸣沙山地处敦煌南郊七公里，在巴丹吉林沙漠和塔克拉玛干沙漠之间。沙峰起伏，金光灿灿，宛如一座金山。狂风起时，沙山会发出巨大的响声，因名鸣沙山。游人蹬踏足迹，翌日回归原状，如唐人志书所说：『人登之即鸣，随足颓落，经宿吹风，辄复如旧。』

神风夜响巧堆沙，千古奇观对月牙。
任尔游人日蹬踏，山形依旧似莲花。

月牙泉

1996年8月

鸣沙山和月牙泉是大漠戈壁中一对孪生姐妹，或说『山以灵而故鸣，水以神而益秀』。此来见泉源似乎不如昔时之丰足，古柳亦近于衰老，泉边修建楼台，大煞风景，不如保留天然韵致也。

沙山紧抱一神渊，古柳新芦立水边。
初月映泉泉似月，人间天上共婵娟。

香江回归诗

1997 年 6 月

炮轰锁钥国门开，豆剖瓜分事可哀。
鸷鹗抟云垂碧海，蛟龙失水困黄埃。
神州转日春光丽，华岳擎天汉道恢。
喜见香江归禹甸，雄风爽气自东来。

六旬自寿

1997 年 9 月 9 日

须臾甲子一轮空，大耳低垂两顺风。
乞相如冰欺厚黑，衰颜藉酒泛深红。
回天转日春长在，叹凤伤麟命固穷。
所幸箫心盈剑气，犹期翰墨奏肤功。

舟游阳朔与立昌、巨荣二同窗酌酒话旧

1997年11月2日

赴桂林古代文论会，预阳朔之游，与吴立昌、江巨荣二同窗于舟中不期而遇，相与酌酒闲话，快乐无似，因吟七律一首。

山水久知甲桂林，招携胜侣一披襟。
舟中漫品三花酒，耳际如闻九马音。
闲话寒窗经雨雪，静观小劫对来今。
漓江万古流清浅，独向人间奏雅琴。

谒柳州柳侯祠

1997年11月5日

柳侯祠位于柳州市中心柳侯公园内西隅，原名罗池庙，宋代追封柳宗元为文惠侯，故于宋崇宁三年改称柳侯祠。桂林开会之后，到柳州一游，谒罗池柳侯祠，观『三绝碑』，领略唐宋文人之精神。

罗池庙畔竹萧萧，千古文章一代豪。

唐世世间摧柍朴，柳江江上赋离骚。

只身去国忧思重，众口刊碑德业高。

我献瓣香来下拜，心潮澎湃水滔滔。

访兴安灵渠

1997年11月6日

自柳州驱车赴兴安访灵渠，看秦朝所修水利工程，先贤之睿智与气派，令人景仰。今日视之，工程亦不同凡响。

分水亭前望水塘，一塘分水入漓湘。
陡门关闸通南北，铧嘴劈波截短长。
史禄监官虚美誉，将军作匠实明良。
至今伟烈惊寰宇，功罪千秋属始皇。

题蔡襄陵园碑林

1998 年 3 月

蔡襄故里来函，约为其陵园作诗一首，因吟成一绝以应命。

农家子亦富才华，学士端明政绩嘉。
楮墨当朝推第一，碎金的历照流霞。

赞丘贵峰瓷雕

1998 年 10 月

惠安丘贵峰先生，擅长瓷雕，曾到北京举办瓷雕艺术展览，应邀捧场，为赋一绝。

雕瓷独秀一枝花，万里飘香到海涯。
敢向人前夸绝艺，流辉焕彩化澄霞。

琼海登白石岭

1999 年 1 月 12 日

应《海南日报》之邀，因游海南。自北而南，为期一周。从海口到琼山，再到琼海，上白石岭。岭上巨石，类皆包裹海中沉淀物，可知此山亦是经历沧桑者，因悟人事升沉变化，或有相似者也。

海中白石上峰巅，屹立天南不记年。

世事沧桑同此理，升沉否泰共时迁。

三亚题南天一柱

1999年1月14日

南游海角到天涯，烟雨迷茫夹浪花。

忽地涛声如裂石，回眸一柱立黄沙。

海口吊海瑞墓

1999 年 1 月 16 日

椰城谒墓仰高风，正气凛然满粤东。

试问贪官同污吏，能无愧对海刚峰。

谒苏公祠

1999 年 1 月 17 日

苏东坡谪海南，是海南之幸也。

廊庙由来弃大材，苏公万里谪琼台。

诗人不幸州人幸，敬向祠堂奠一杯。

剡中即兴

1999 年 5 月

己卯初夏，赴浙东新昌预太白与天姥会议，游沃洲湖，谒石城寺，复至奉化登妙高台，访溪口镇，因有剡中即兴之作。

剡中山水秀而幽，故引诗仙梦里游。
此日宾朋来四海，更播芳誉满寰球。

龙井品茶

1999 年 5 月

会后与毓麒、蓝旭二博士同赴宜兴、溧阳考察，经杭州，于龙井品茶，稍事休息。

山青水绿静无哗，闲坐谈天漫品茶。

人世尘劳销殆尽，此身内外俱烟霞。

谒周王庙

1999 年 5 月

周处，字子隐，晋朝阳羡人。其斩蛟故事，流传很广，故宜兴为其立周王庙。而今庙祀已不如当年兴旺了，慨然有作。

将军昔日斩蛟龙，独剩长桥绝世踪。
除害最难难自剖，故当庙祀仰高风。

游慕蠡洞

1999 年 5 月

或说越王勾践鸟喙鸢肩，只可共患难，不可同安乐。于是范蠡浮舟入震泽以避祸。宜兴慕蠡洞，传即范蠡泊舟之处。今成游览点矣。

鸟喙鸢肩相自奇，难同安乐欲何之。

扁舟泛入湖滨洞，进退从容是子皮。

谒贞义女墓

1999年5月

春秋时，伍子胥落难来到溧阳，有追兵，匍匐七日，未得食。溪畔史姓浣纱女授以壶浆。子胥致谢，复求为其保密，女知其意，即自沉灭口。唐李白避地溧阳，应县令请求，为撰《溧阳濑水贞女碑铭并序》，由李阳冰书写。

只因重义故轻生，何必投金自买名。
多谢知音唐李白，碑文千古表丹诚。

登太白楼

1999 年 5 月

溧阳有太白楼，尚未修缮，比较陈旧，想必尚未开发旅游，不知李白大树可摇钱也。

谪仙避地溧阳游，酒入杨花万种愁。
此日追踪寻胜迹，遄飞逸兴上高楼。

访平陵故城

1999年5月

唐诗人孟郊，字子野，韩愈撰墓志铭称『贞耀先生』，曾任溧阳尉，不专其职，好作诗文。溧阳至今犹流传平陵射鸭堂的传说。

贞耀先生尉溧阳，挥琴命酒作诗章。

今来故县平陵地，犹说当年射鸭堂。

澳门回归诗

1999年10月

五百年来久别家，一朝归也属中华。
除尘扳倒葡萄架，出水催开菡萏花。
镜海欢声翻激浪，珠江瑞气化澄霞。
何当尽补金瓯缺，夭矫龙腾万国夸。

一音颂

2000 年 12 月

陈珍珍女史邀请回泉预弘一大师研讨会，因作一音颂。

早著声名遍艺林，悟空更发大悲心。

南山律坠思承绪，东海帆归号演音。

璧月秋圆除热恼，金花春满散清阴。

世灯高照明含类，廓尔忘言法性深。

永乐寺

2001年4月

4月中，赴武夷山预柳永学术研讨会，游览诸名胜。永乐寺在天心岩下，初名天心永乐庵，后改名永乐禅寺。

武夷百里此中枢，岩下天心一寺孤。

古木阴中听鸟唱，恍如羽化到蓬壶。

武夷精舍

2001 年 4 月

精舍即朱熹之紫阳书院，亦其种杞菊处。

隐屏峰下觅遗踪，书院断垣一径通。
细看周遭无杞菊，棹歌九曲有余风。

天游峰

2001 年 4 月

峰为武夷第一，登临可尽武夷之胜。

扪参历井上天游，俯视群山尽小丘。
九曲回环青似带，何须海客说瀛洲。

九曲溪

2001年4月

乘竹筏自九曲下一曲，目不暇接，美不胜收。

一溪九曲绕山流，两岸风光眼底收。
更喜篙师多妙语，竹排下水似轻舟。

玉女峰

2001 年 4 月

相传玉女、大王两峰间为铁板鬼，是以泪眼相望。

山花插鬓服霓裳，玉女亭亭立水旁。
何事梳妆临石镜，只缘隔岸对情郎。

题英都益溪馆

2002年1月

相传此乃洪承畴少时读书处，是以定为古迹。

山中石屋满书香，武略文韬此发扬。

勋业开清称第一，至今四海说文襄。

本溪水洞

2003 年 7 月 19 日

本溪水洞开发不久，今乘船入洞，所能见者，仅千余米耳。洞中寒意渗人，虽在夏日，犹穿棉袄。

船行水洞意疑迷，不是末流是本溪。

欲探源头无处问，阴河何事入辽西。

赫图阿拉城

2003 年 7 月 19 日

故城位于辽宁新宾永陵镇，史称『清王朝第一都城』，为清太祖努尔哈赤所筑。『赫图阿拉』是满语，意为横岗，城池依势筑于一条东西走向的山岗之上。不见八旗遗迹，有一口古井，相传为历史遗物。

半壁横山是故山，于斯诞育复称汗。
八旗南下无残迹，历史遗存井一栏。

小笔架山

2003 年 7 月 20 日

小笔架山面临辽东湾，是海面连陆小岛，形似笔架，今成游览景区。此日阴雨，未曾上岛，只是站立海岸远观，于渺茫水面隐约见到山影。

冒雨驱车到海边，茫茫一片水连天。

隐然笔架横波上，谁扫霜毫绘大千。

兴京古城

2003 年 7 月 20 日

兴京古城至今保存完好，依然雄踞于海滨。传袁崇焕曾在此射伤努尔哈赤，立了大功。启功先生曾问道：『崇祯皇帝杀了最不该杀的是谁？』我当即答道：『袁崇焕！』启先生笑了：『对！』观此古城，慨然有作。

四面通衢集鼓楼，古城威烈足千秋。
至今犹说袁崇焕，枉抱孤忠破敌酋。

义县奉国寺

2003 年 7 月 21 日

寺始建于辽开泰九年，初名咸熙寺，后易名奉国寺，是辽圣宗在母亲萧太后（萧绰）家族封地所建的皇家寺院。因供奉七尊大佛，又称大佛寺或七佛寺。相传采用减柱法建造大殿，知名建筑家曾评价奉国寺大殿建筑规模是『中国第一大雄宝殿』。

一炉香火气氤氲，大佛庄严列七尊。

不拜神灵赏工艺，尤惊减柱殿长存。

古北口即兴

2004 年 5 月 20 日

甲申清和之月，五老酒友偕游京郊密云古北口，夜宿农家，日登古塞，饮酒品茶，说古谈今，其乐融融，即兴赋诗，以记一时胜事。

天矫长城上碧峰，隔河卧虎对蟠龙。
雄关险固泥丸塞，胜代衰微气数穷。
争霸倘须凭地势，安邦岂是藉兵戎。
古来征战横尸处，国道飞车过要冲。

古北口宿农家

2004 年 5 月 22 日

房东农妇，在古北口边关，经历风风雨雨，感慨良多，无处诉说。夜间邀其品茶，打开话匣，滔滔不绝，历述各代兵祸，端的成了近代史活化石。

边关访古宿农家，入夜开灯漫品茶。

最喜经霜村老妪，谈今说古舌生花。

大同九龙壁

2004 年 5 月 31 日

甲申夏历四月中，人文社老干部组团作三晋之游，乘大巴出八达岭，经官厅，过阳原，入大同，观九龙壁，游云冈石窟，访下华严寺。九龙壁位于大同市东街路南，建于明代洪武末年，是明太祖朱元璋第十三子代王朱桂府前的照壁，是中国现存规模最大，建筑年代最早的一座龙壁，堪称中国九龙壁之首。

代王僭越旧行踪，照壁依稀集九龙。

大宝强争争未得，何曾潜化起云中。

上恒岳

2004 年 6 月 2 日

1982 年考察太白游踪至太原，未曾上恒山，引以为憾。今乘缆索上山顶，至是，五岳登览遍矣。

久思游代北，今日上恒宗。
索道凌空险，襟怀荡气雄。
小丘收眼底，大业振寰中。
五岳登临遍，余情寄断鸿。

应县木塔

2004 年 6 月 2 日

佛宫寺释迦塔位于山西朔州应县城西北佛宫寺内，俗称应县木塔。建于辽清宁二年，金明昌六年增修完毕，是中国现存最高最古的一座木构塔式建筑。此来登塔，见塔势高耸，依然完好，堪称奇迹。

木塔凌霄耸梵宫，几经劫火几经风。
最怜巧匠超神力，杰构千年立晋中。

登永祚寺宣文塔

2004年6月3日

永祚寺，民间俗称双塔寺，位于太原东南郝庄村南山上。双塔巍然高耸，屹立在晋阳大地上。寺中旧塔原名文峰塔，明万历二十七年所建；新塔是万历二十九年所建，与旧塔一起并称宣文塔。此来已是暮年，仍奋力登上塔顶，一开眼界。

巍巍双塔镇州城，穿穴攀临最上层。
俯视茫茫纯一气，悠悠不尽古今情。

次韵奉酬灿煌李兄惠赐书怀之作

2004 年 7 月 15 日

晋江文化馆李灿煌兄读拙著有作，因次韵奉酬。

神交三十载，雅尚共儒宗。
文贱休谈价，途穷未改容。
清风携两袖，浊酒伴孤踪。
归憩芸窗里，豪吟欲振聋。

后记：

附李灿煌《读太白游踪聊书所怀》：『思念林君久，风骚夙所宗。诗心涵月色，逸气壮行容。遥问大唐路，遍寻太白踪。万千情性语，振我半痴聋。』

林庚先生九五寿颂

2004年9月15日

林庚先生平生喜爱唱歌与放风筝，故有颈联之作。

诗意人生总少年，耄期犹力辟新天。
幽篁经雨仍安节，老树着花更斗妍。
闲去放鸢翔碧汉，兴来歌凤绕朱弦。
何须藉托飞驰势，自有声名日月悬。

无题

2005 年 2 月

锦瑟高张漫叩弦，声情杳渺托飞烟。
风收峻岭云头雨，月映平江水底天。
银浦秋来曾驾鹊，桃源春去未寻仙。
梦中浪取生花笔，招得骚魂到酒边。

后记：

附天然斋次韵无题：『玉手调筝为改弦，一操流水起云烟。松声竹韵明秋月，剑气箫心薄昊天。绕树三巡安夜鹊，滋兰九畹护花仙。前程并有高期许，直挂长帆到日边。』

韬奋颂

2005 年 3 月 18 日

邹韬奋，名恩润，江西余江人，从事编辑出版行业，卓有成就，上海成立纪念馆；群明雷兄主其事，来函索诗，用以编纪念册，因有是作。

世乱风云起怒涛，匡时搦管奋文韬。

织编生活情弥笃，保障民权意自豪。

逋命美欧成异客，救亡渝鄂赋同袍。

推恩墨润中华士，翰苑春来玉树高。

海峡两岸中秋诗会即兴

2005年9月18日

南归泉州，预海峡两岸中秋诗会，即席赋诗。

冰川解冻迈寒消，一例朝宗入海遥。
今夜月明同仰望，神龙起舞上云霄。

次韵奉酬稚鸿兄共游剑关之什

2006年3月6日

重到剑门看众峰，果然设险是天公。

诗仙魂返关山黑，我辈兴来晓日红。

翠柏千株真浩瀚，紫荆一树亦峥嵘。

归时共拜文昌帝，乃大因知在有容。

后记：

附丁稚鸿原玉：『又看雄关七二峰，征轮晓发伴林公。

佳铭剑阁思张载，才女京华有宋红。车外岚光浮浩荡，云中松柏竞峥嵘。天开明镜藏幽谷，好教青鬓照俊容。』

次韵天然斋九寨沟纪行之什

2006年4月

山色苍茫水色奇，观光九寨暮春时。

丛林映日消残雪，叠瀑飞流带断澌。

俯察游鱼惊物化，坐看濯羽觉神驰。

归途发兴探幽径，从此西南有所思。

后记：

附天然斋原玉：『东溟几见桑田日，九寨依然遂古时。

凝碧挼蓝池作海，鸣銮漱玉水流澌。沉潭黄柏如龙卧，脱甲红杉似马驰。造化天机从窥后，真容一梦一相思。』

次韵天然斋黄龙观雪之什

2006 年 4 月

扪参历井上天池，雪拥黄龙掩石墀。
几树杜鹃无玉蕊，满山松柏尽琼枝。
蹒跚野径因长叹，迟暮芳心只静思。
佳境未穷余八百，归来回想味如饴。

后记：

附天然斋原玉：『层层叠叠作瑶池，玉屑银泥为护墀。雪宝顶头牦犡路，黄龙寺外杜鹃枝。九天仙女开明镜，一径琼林惹梦思。呼吸虽难通帝座，能餐秀色亦甘饴。』

题师友风谊奉赠管见士光

2007年3月8日

追忆师友交情文章数篇，发表于《文汇读书周报》，读者以为有可取；士光管见建言把想写者都写出来，在人文社出版。因有《文林廿八宿师友风谊》之作，及书出版，题诗以赠。

感君相劝忆文林，师友风高义分深。
一卷书成留世味，纵如纱薄有知音。

题师友风谊奉赠周公汝昌

2007年3月8日

书中忆周公文字长达二万多字，记当年以诗代简的一段经历和情趣，赋诗题内封以赠之。

老去忆当年，曾交翰墨缘。
吟哦抒感慨，戏谑寄缠绵。
作别风云散，相思日月悬。
一篇题解味，就正敏庵前。

后记：

附周汝昌《读旧社同仁林东海先生师友风谊赠之以诗》：

『「斗韵嬉游事，相呼太上君。聪明方具眼，练达乃能文。保护吴恩裕，还原曹雪芹。伤情纪奇士，实录即高勋。」自注：「奇士，聂绀老。」戊子正月，周汝昌草。』

去非黄先生有赠次韵奉酬

2007年8月8日

湖南理工学院黄去非先生曾为拙著师友风谊补正，赋诗为赠，因次韵奉酬。

京尘十丈旧因缘，追忆遗踪记上贤。
惭愧乏才无彩笔，苍黄落墨结芜篇。
补苴且喜回湘雁，拯济犹期渡法船。
学术从来本公器，切磋求是自天然。

后记：

附：黄去非原玉《敬呈林东海先生》：『清远偕游结胜缘，又从书海仰高贤。探求诗艺存仪埻，刻画文林入简编。大雅不遗牛马走，华笺喜到洞庭船。几回灯下殷勤读，如坐春风意快然。』又，黄去非答诗《林东海前辈赐和再叠前韵奉酬》：『鱼鸿来往续前缘，卓牢谦冲识大贤。诗句清新传紫县，法书秀雅入青编。名山伟业平生志，鸥鹭闲情野渡船。何日京华瞻北斗，一樽相对乐陶然。』

古稀自寿

2007年9月9日

迩来多梦梦儿时，倏忽七旬彻悟迟。
屋后青松欺夜雪，窗前白桦引晨曦。
百年心事休重说，十丈京尘且一麾。
马齿添增人齿减，犹堪食枣学安期。

大观楼吊古

2007 年 9 月 25 日

雨中游大观楼，四望苍茫，百感交集，见髯翁塑像，观大门所挂长联，为题七律一首。

滇池细雨浥中秋，为仰大观一上楼。
城外乱云遮骏岭，岸边杂树绕螺洲。
纵然伟烈垂青史，任是英雄尽白头。
回味髯翁长对子，凭栏吊古意悠悠。

滇池临眺

2007年9月27日

驱车赴滇池，所谓『五百里滇池』，已是今非昔比了，不过水面依然有开阔之感。

秋阳雨后照滇池，水面风来泛绿漪。
但见渔舟时出没，曾闻鸥鸟偶游嬉。
美人西卧垂云鬓，神骏东骧奋铁蹄。
莫叹无边余百里，强于世事速推移。

鸣凤山金殿感怀

2007 年 9 月 29 日

到金殿，见吴三桂所持大刀，犹可知其勇武过人。所谓降清，似非其本意，其意盖在夺取帝位也，昆明鸣凤山金殿可以作证。

底事清兵引入关，冲冠未必为红颜。
挥刀气勇追英烈，逐鹿功亏做汉奸。
登极期成金造殿，悲情欲诉凤鸣山。
行人莫唱圆圆曲，一例荒丘薤露寒。

春日听莺有吊

2008 年 2 月 8 日

丹阳闻捷纪念馆来函索诗，因吟七绝一首为赠，录于宣纸，为其补壁。

塞上曾经唱夜莺，丹心似火激诗情。
敢将热血充香墨，写就芸编不朽名。

依韵奉酬葛兄景春读拙著师友风谊有赠

2008 年 2 月 16 日

处世无奇但率真，何妨袖手看红尘。
名缰利锁知终累，诗胆酒肠证夙因。
瓮牖高吟能寄兴，管城闲步欲娱神。
老来常忆诸先辈，记取风姿示后人。

后记：

附葛兄景春《读文林廿八宿师友风谊赠林东海先生》：

『清风居士隐京门，翰墨诗思两有神。遍走三千谪仙路，活勾

廿八大师魂。唐碑晋帖龙蛇字，麟角凤毛奇秀文。南闽高才

都下老，沈腰潘鬓上皇人。』

奉题郭汉城先生《淡渍诗词钞》

2008 年 4 月 12 日

汉城《淡渍诗词钞》行将付梓，来电约为作序文，自以为晚辈不宜此举，因作诗一首，书成条幅为赠；郭老竟印于书前，愧怍无似。

淡渍依稀寄雪鸿，联珠缀玉证芳踪。
江南梦绕海波绿，陕北身经炉火红。
耿介昂藏真硬汉，清醇爽朗似痴翁。
白头将介期颐寿，尚自高吟大化中。

近得孙女喜赋次天然斋韵

2009年7月31日

林梢明月堕，玉貌自婵娟。
佛相垂双耳，芝形振一拳。
小牛真特达，雏凤会蹁跹。
娇女吾家宝，爱其似璧圆。

后记：

附天然斋贺诗原玉：『呱呱初坠地，讶汝貌便娟。额有含章饰，手如钩弋拳。酣眠能巧笑，游泳自翩跹。今日明珠小，相期玉魄圆。』

阿城上京吊阿骨打墓

2010年8月6日

庚寅初秋，与叶兄、宋君结伴北游，飞抵哈市，游览阿城金上京，视金源发迹之地，因知创业之难也。

金源发迹此安京，阿什河边建白城。

雄杰首推阿骨打，故来谒庙吊初陵。

瑷珲历史陈列馆即兴

2010 年 8 月 10 日

复乘车经塔河呼玛达黑河，往观瑷珲历史陈列馆，回程游五大连池。在纪念馆看视频，有沙俄军人驱赶杀害六十四屯华人画面，义愤填膺，为之潸然，即兴赋诗。

龙江急浪似胥涛，无数冤魂彻夜号。

六十四屯流碧血，长虹贯日恨难消。

呼兰萧红故居观后

2010 年 8 月 13 日

返哈市，到呼兰参观萧红故居、虎园、太阳岛、博物馆、道台府、圣·索菲亚教堂。所谓萧红故居，实乃新辟游览点。

一支彤管写春秋，女史能文亦胜流。
薄命生年虽苦短，辞章不朽日当头。

宁古塔感兴

2010 年 8 月 15 日

再驾车长驱至宁安寻宁古塔。宁古塔有新旧二城，旧城在今海林西南、海浪河南岸的旧街乡古城村；新城在今黑龙江省宁安市，相传为满族发祥地，也是宦途落魄者的流放地，此地曾流放过郑芝龙、吴兆骞、吕留良等著名人士，因而有一定的文化积淀。今来不见任何遗迹，只见街头所立巨石上刻有『宁古塔』三个大字。

宁安卓午觅遗踪，当日兆骞谪此中。

千古伤心宁古塔，纳兰贞观枉情浓。

渤海国上京龙泉府故城

2010年8月15日

渤海国是东亚古代史上一个以靺鞨族为主体的政权，粟末靺鞨首领大祚荣建立政权。唐玄宗册封大祚荣为『渤海郡王』，始以『渤海』为号，后升格为国。渤海都城初驻旧国（今吉林敦化），后迁至上京龙泉府（今黑龙江宁安）。渤海立国按唐制建立政治、经济制度，其文化深受唐文化的影响。以火山岩所筑城墙遗迹，至今依然保存。

大唐国势信昌隆，遥控龙泉渤海宫。

细看城基火山石，当年鞅鞨亦雍容。

密山兴凯湖口岸

2010 年 8 月 16 日

兴凯湖水面，约三分之二划归俄罗斯，密山所辖水面不大。至漠河、黑河、密山三边，有感于国土沦丧，愤愤然扼腕太息久之。于密山口岸，哼了四句诗。

浩淼烟波远入云，平湖万顷作瓜分。
密山口岸探头望，竟是异邦戍守军。

依兰五国城寻踪

2010年8月17日

复经汤原至依兰，探访五国城，即返哈市。此行足迹遍及大小兴安岭，黑龙、松花二江流域，蓝天白云之下，东北大地，森林禾黍，弥望青青，风光无限，景色绝佳。五国城寻踪，始知徽钦二帝之所谓坐井观天也。

五部女真此会盟，徽钦二帝受欺凌。
赵家儿辈谁知晓，坐井观天五国城。

次韵奉酬稻圃主人黄福强

2010年12月28日

浮云轻出岫，倦鸟欲投林。
岁月愁边尽，乡关梦里寻。
茶清思北苑，才拙愧南金。
来日苔岑会，与君酒共斟。

后记：

附稻圃主人《拜读林先生东海大著增订文林廿八宿师友风谊》：『群星何灿烂，光彩照文林。旧事随风逝，幽怀纵笔寻。瑶章留百代，厚谊胜千金。欲解其中味，灯前仔细斟。』再叠前韵（稻圃主人）：『久仰南山豹，名传翰墨林。吟踪勤考证，诗法力推寻。欲济同窗友，曾输润笔金。人间留至善，美酒为君斟。』

临湘鸭栏驿白马矶吊李白

2011年10月11日

辛卯暮秋，偕宋红君访古于湘东，考察李杜游踪。太白诗有《至鸭栏驿上白马矶赠裴侍御》，此裴侍御，或说即其《流夜郎至西塞驿寄裴隐》之裴隐，故方志谓白马矶有有裴隐故宅。在导航仪指引下，我等径直来到临湘东北江边白马矶。此地正建白马矶装卸码头，其旁有鸭栏水闸、鸭栏电排，或说鸭栏驿故址即在儒溪中学。颇讶自三国东吴孙虑建斗鸭栏，历经二千多年，而地名不变。然太白诗所谓『侧叠万古石，横为白马矶』，今已不见『万古石』矣。三十年前未能到此考察，引以为憾事，今幸得遂所愿也。

三湘履迹不须疑，太白曾临白马矶。
今日驱车来一吊，碧波无尽客心悲。

空灵岸怀杜甫

2011 年 10 月 13 日

微雨初晴，驱车到株洲城南散铺乡湘江之滨空灵岸，山虽不高，而绝壁临江，颇为壮观。南朝于半壁依岩建空灵寺，逶迤深入，约有二里之遥。杜甫当年泊舟空灵岸，疑即此也。

空灵一寺果空灵，绝壁临湘似画屏。
杜老泊舟何处岸，可怜老去更伶俜。

花石戌高亭即兴

2011 年 10 月 14 日

自湘潭南下，由乡间公路驱车至株洲王十万花石戌。见湘水之滨，绝壁之上，有一高亭，前立三大字：『花石戌。』缓步登上高亭，见一老妪来敬茶。老妪刘芝兰，为纪念杜甫泊舟花石戌，独力于通灵洞修建花石戌杜甫草堂，精神殊可嘉也。

江临花石水深清，岩洞通神似有灵。
居士芝兰真雅士，通灵怀杜建高亭。

访南岳方广寺

2011年10月14日

考察完花石戌，即驱车到南岳。南岳区委宣传部谓上山来不及，可先到方广寺。《南岳志》记载，太白有《游方广寺》七绝一首，三十年前因路途遥远，交通不便，未能到寺考察。而今已修建盘山公路，可以直达莲花峰。于是驱车一个多小时，到达方广寺。寺宇修葺一新，然寺在深山之中，太白恐难至此。

环山曲径向莲花，探胜驱车日已斜。

但见二贤祠宇废，丛林方广复光华。

谒义帝陵

2011年10月16日

楚怀王之孙熊心，本自牧羊于山野，秦末群雄竞逐，被推为新楚怀王，与刘、项逐鹿中原，竟为项羽追杀于郴州。后人悯之，立义帝陵以为纪念。陵旁有石雕数羊，颇类霍去病墓上之汉代石雕，然却无大汉气象。

本自安然事牧羊，只因逐鹿反罹殃。

可怜蹀血郴州地，义帝陵高亦断肠。

丹霞山旷望

2011年10月17日

驱车由京珠高速公路直奔广东韶关，夜宿山水商务酒店。翌日来车迎接到丹霞山，开始粤北之游。丹霞山在韶关仁化县境，今为独立景区，直属韶关。经申报，已被批准入联合国世界自然遗产名录。山形奇特，由砂砾岩构成，色丹如红霞，属丹霞地貌。景区内最高峰为长老峰，下榻丹霞山庄，即在峰下。当日下午，由索道登长老峰顶，登高望远，众峰如林，气象万千，堪称壮观。

砂砾流丹灿若霞，山形奇特似莲花。
千峰拔地成千佛，万木参天荫万家。
史迹人文传谪宦，韶音乐石说重华。
我来乘兴旋登顶，旷望烟岚赤日斜。

题阴阳石

2011 年 10 月 18 日

上午游阳元山景区，登山观阳元石；下午在翔龙湖乘船，上山观阴元石。极似男阳女阴，真乃天造地设，恍如母系时代与父系时代人工开凿生殖崇拜之遗存，堪称奇迹。

造化灵奇辟混茫，文明初始出阴阳。

天人原自通神理，元石丹霞照万方。

梅岭感怀

2011年10月20日

驱车上梅岭，步行于鹅卵石古驿道，观各种梅花树及文化遗存。岭上关门南向匾曰『南粤雄关』；过关北向即江西大余县，古曰南安。《龙城录》所载赵师雄梦梅花仙子，即此地也。中原文化由此关南播，斯诚人文重关也。

南粤雄关岭上开，漫行古道访梅来。
梦魂见说逢仙女，谪宦曾经过俊才。

百姓播迁移海涘，千秋文史起蒿莱。

低回石上寻踪迹，感慨万端尽劫灰。

韶关北伐战争纪念馆口占

2011 年 10 月 21 日

北伐战争纪念馆修建于北伐军办事处旧址，所收资料颇多。或曰北上时誓师于梅岭，然前二次北伐均以失败告终。中国历史，政权更迭，多成于马上，亦败于马上，数千年干戈扰攘，而历史车轮总在极权圈子内打转，如鬼打墙。清廷之亡，早于北伐军兴，乃亡于自家所训练之新军，殷鉴不远。

北伐曾经此誓师，于思弃甲只余悲。

血钟英响成何事，不信抝戈可救时。

韶关南华禅寺拜六祖真身

2011年10月21日

韶关城南曲江南华禅寺，为岭南四大名刹之首，供奉六祖慧能真身，香火颇盛。不少千年古树，郁郁葱葱，真乃佛门圣地也。中午即于寺院吃斋，体验清净境界。

南华何处有尘埃，六祖真身即镜台。
热恼尽除能顿悟，禅关参破见如来。

访马坝人洞穴

2011年10月21日

到曲江马坝镇参观马坝人博物馆，又到狮子岩探访马坝人洞穴。马坝人头盖骨即于此穴发现，因知十三万年前岭南即有智人居住，可证岭南原非化外之地也。

马坝洞开十万年，智人由此辟新天。

不因颅骨留深穴，南国谁知有古先。

访始兴隘子石头塘张九龄故居

2011年10月22日

在弯弯曲曲的山间小路上行驶多时，始达隘子镇石头塘张九龄故居。张氏故居，2008年列为始兴县级文物保护单位。今张氏村民募捐两百万重修，工程正在进行，尚未完工。此间传说，张九龄不曾在此降世，以地隘容不下，母氏乘船外出，终降生于船上。然其父母，确然居住于隘子石头塘。丹穴之山出凤凰，石头塘犹丹穴也，临此肃然起敬焉！

粤北溪山树色苍，逶迤来到石头塘。

千秋故宅祠堂古，百代勋名德业昌。
犹记天涯生海月，最怜涧底出松梁。
瓣香至此低回久，为仰高风意绪长。

访周有光感赋

2012年2月28日

周老有光，一百〇七岁，精神矍铄，思维敏捷，且十分健谈，于世间事尤多真知灼见，令人不胜感佩之至。二月廿八日，偕天然斋主拜谒周老，访谈归来，成诗一首，以为纪念。

茶寿而今少一年，犹堪历块著先鞭。
清尘浊浪恒经见，苍狗白衣任变迁。
斗室能安天下事，寸心尚结世中缘。

谈空说有多真谛，抖落香花满大千。

初到阿姆斯特丹郊宿

2012 年 3 月 18 日

欧游自北京乘机十多小时抵达阿姆斯特丹，夜宿郊外小镇。

空中长翥五时辰，灯火阑珊降海滨。

雨后欧西尤湿润，城郊逆旅草如茵。

科隆大教堂

2012 年 3 月 18 日

科隆大教堂建了六百年始完工，乃典型哥特式建筑，欧洲北部最大教堂。驱车到科隆，参观了教堂，宏伟又细腻，颇为震撼。

突兀科隆两塔尖，欧西设教主通天。
穹窿拱顶连云物，烂漫铺砖点翠烟。
玉石精雕神栩栩，琉璃彩画态翩翩。
造型法式名哥特，绝世工程六百年。

法兰克福罗马广场女神像

2012年3月19日

法兰克福旧市政厅罗马广场中央，正义女神面向市政厅，左手持天平象征公平、正义，右手持利剑象征法律的威严。十七世纪初立此女神，因知德国早期即有此意念，并诉诸法律，改变人治体制。

市政厅前立女神，天平公正示诸人。
手提宝剑知何用，要扫凡间众恶尘。

谒歌德故居

2012 年 3 月 19 日

歌德故居在法兰克福西斯格拉大街，此行没有时间入室仔细参观，只是到门前瞻仰，以示凭吊。

歌德于斯有故居，法兰克福出名儒。
精神巨匠垂千古，一阵狂飙启万枢。

访海德堡大学城

2012 年 3 月 19 日

海德堡大学是德国最古老的大学，也是世界名牌大学，曾出了五十五名诺贝尔奖金获得者。此来参观，见校园没有围墙，分散于山上山下，完全是开放式的，外观直接影响于内心，所以土堡围墙要不得。

海德山头古堡高，卡河环抱献醇醪。

此间大学多贤哲，士子青春意气豪。

慕尼黑木偶人报时钟

2012年3月20日

市政厅钟楼上，装置德国最大木偶报时钟，每天11时、12时和17时奏鸣，此时塔阁里许多彩色木偶开始动作，或持斧剑，或骑骏马，或提花灯，或吹洋号，排队簇拥而出，配合音乐节奏，载歌载舞，惟妙惟肖。这套表演装置是慕尼黑艺术工匠的垂世名作。此来观看11点木偶人的精彩表演，意趣盎然。

巴伐利亚市政厅，三时定点起钟声。

踏歌木偶巡楼转，引得行人翘首听。

车行阿尔卑斯山口占

2012 年 3 月 20 日

在阿尔卑斯山车行，由德国向奥地利进发，经德奥边界，未见海关；始知欧洲部分国家，已经打通国界，自由往来。自是可以省却许多人力物力，企盼大同世界，良有以也。

车行阿尔卑斯间，白雪绿林一片连。
德奥两邦无界限，主权不及主人权。

游茵斯布鲁克山城

2012 年 3 月 20 日

茵斯布鲁克即茵河上的桥，位于奥地利西南阿尔卑斯山峡谷中，是德国通往意大利的必经之地。夜宿远郊白雪皑皑的山上宾馆，早餐后乘车到此小城，见黄金屋顶，有人采购奥地利所产水晶，我等则沿小街步行到桥边，听茵河水响。

茵斯布鲁以桥名，小驻桥头听水声。
更览皇宫金屋顶，慨然怀古发幽情。

茵斯布鲁克向威尼斯途中口号

2012 年 3 月 21 日

雪岭别崔嵬，直奔意国来。
峰随绿野尽，春报红花开。
车马沿途跑，村林傍舍栽。
高楼虽少见，古意满襟怀。

游威尼斯水城

2012 年 3 月 21 日

此日劈波上石堤，水城久仰威尼斯。

凝神叹息桥横处，圣马可前看鸽飞。

游瞻马可波罗故居

2012年3月21日

马可波罗四海游，旧家临水自风流。
贡多拉艇门前过，一瓣心香献石楼。

罗马古城即兴

2012年3月22日

车行罗马老城池，忽忆斯巴达克斯。

奴隶挥戈曾起义，为今竖起自由旗。

游梵蒂冈圣彼得教堂

2012年3月22

信步游观梵蒂冈，弹丸小国亦称王。
神权压倒君权后，独剩艺文满教堂。

罗马斗兽场观感

2012年3月22日

断壁残垣斗兽场，当年角力看疯狂。
三千奴隶魂归处，犹见石基迸血光。

咏佛罗伦萨百花教堂

2012年3月23日

佛罗伦萨本花都，教堂百卉世间无。

就中艺术雄三杰，千古艺林此奥区。

比萨斜塔怀伽利略

2012 年 3 月 23 日

斜塔是意大利比萨城大教堂的独立式钟楼，位于托斯卡纳省比萨城北面的奇迹广场上。相传伽利略在此做自由落体定律实验，比萨斜塔声名益振。

四方驻足每咨嗟，非是人心独喜斜。

落体此间曾试验，因尊科学大名家。

琉森狮子纪念碑

2012 年 3 月 24 日

琉森湖位于瑞士中部，是完全位于瑞士境内的第一大湖。清澈见底，景色优美，停留湖滨小憩，游观狮子纪念碑，背上中箭的雄狮临死之际，面露痛苦神情，前爪按盾牌和长矛，盾牌上有瑞士国徽。当年，瑞士男子迫于生计，到欧洲各国当雇佣兵。瑞士雇佣兵忠于雇主，英勇善战，这是为了纪念 1792 年法国大革命期间，786 名战死的瑞士军官和警卫所建的纪念碑，意在祈求世界和平。

伤心被创弥留时，曾是雄威一吼狮。
八百士兵同战死，舍生尽责见英姿。

埃菲尔铁塔前作

2012年3月25日

塞纳河边铁塔高，游人如鲫复如潮。
当年出世真堪怪，此日惊心足自豪。
岂但财源开广路，更于地表秀孤标。
静观胜赏低回久，吟魄摩空入九霄。

游卢浮宫

2012 年 3 月 26 日

艺术之宫天下扬，欧西三杰姓名香。

自由胜利加蒙娜，绝世精华各闪光。

巴黎游船观光

2012 年 3 月 26 日

乘船游览塞纳河，两岸景观，别有风味。

塞纳河清绕郭流，花都历览泛仙舟。
卢浮宫外玻璃塔，圣母院中玛丽眸。
大厦国民开议会，广场革命事戕头。
风光两岸多奇绝，快意平生此胜游。

荷兰风车村遐想

2012年3月29日

锥形砖塔转风车，瘦马入村到海涯。

骑士我如吉诃德，挥戈战罢夕阳斜。

悼念周公汝昌先生

2012 年 5 月 31 日

中国艺术报副刊晚间来电，谓周汝昌先生今晨仙逝，约余撰写悼念文章，明日中午出清样，时间紧迫。放下电话，心想与周公曾经诗词唱和，此别不能无诗，于是信手写下一首悼念周先生的七律。

周公才调自风流，解味红楼七十秋。
双眼旧智歆考据，一编新证苦追求。
曾经戏语狂当代，不意归休乐古丘。

应是太虚寻幻境，九京携卷拜曹侯。

江油太白碑林

2012年8月10日

壬辰初秋，预江油李白文化论坛，其间曾参观太白碑林。碑林以书太白诗为主，其形制有摩崖、圆柱、方柱、立板、平板，花样繁多，汇古今名书一千多通于一林，蔚为大观。

太白诗名四海扬，碑林翰墨更流芳。
沉吟天宝山前路，因悟斯文运久长。

越王楼即兴

2012 年 8 月 12 日

唐越王李贞显庆中刺绵州，于龟山起高楼，以为府署。后发兵谋反武氏，兵败自杀。杜工部有《越王楼歌》咏其遗迹。

越王何事起高楼，为摘星辰揽月勾。

岂料干戈寥落后，独留胜迹在绵州。

绵阳汉阙

2012年8月12日

曾见汉阙多座，独此平阳府君阙最为精致，其浮雕栩栩如生，极具艺术价值。

剑外三巴汉阙多，绵阳双阙最嵯峨。
浮雕犹见书箱石，屹立千秋自不磨。

富乐山漫游

2012 年 8 月 12 日

山在城东，古称东山，为刘璋会刘备之处，因成三国文化遗存，今辟为公园，颇多景观。余独爱其山林之幽静恬澹，超然尘外。

巴西胜境数东山，漫步幽林意自闲。
莫说争雄三国事，斗心勾角闹尘寰。

东山禅院

2012 年 8 月 13 日

经何粼粼女史精心安排，在柳天琦、屈昌明二先生支持下，翌日由唐有才师傅驾车至射洪、三台、盐亭、南部、阆中、广元各地考察李杜游踪，为时三日，收获颇丰。杜甫登通泉东山，故迹存焉，即东山寺也。今至洋溪，上东山禅院，午时阒寂无人，禅门虚掩，因启枢自入，摄影后悄然下山，神其知之也！

故县通泉涪水湾，洋溪禅院在东山。

果然清静空门地，为拜佛陀自启关。

金华山重谒子昂读书台

2012 年 8 月 13 日

昔日往访金华山，独陈子昂读书台存焉。今日已全面开发，道佛与儒并据山头，是亦所谓『多元化』，究其底里，皆旅游业所促成也。

射洪二度访金华，卅载风烟化绮霞。

子昂当年勤读处，蔚蓝洞府是仙家。

三台牛头山

2012年8月13日

前度访三台牛头山，山头空空如也。而今矗立梓州阁，开辟杜甫祠堂，成一郡之胜。询问当年山下操场，疾呼曰：『全变样了！』球场已成了高楼林立之住宅小区矣。

梓州高阁据山头，万井俯窥一揽收。

兵革乱离嗟老至，千秋诗圣此稽留。

盐亭光禄坂

2012年8月14日

盐亭县东郊光禄坂，乃古时山行要道，杜少陵《光禄坂行》，即作于三台、盐亭、阆中诸县辗转之时。今来大光禄、小光禄寻踪，仍有杜诗『千山万山』之感也。

驱车城外绕山行，烈日千峰一色青。
为觅诗踪光禄坂，不辞辛苦走盐亭。

广元明月峡

2012 年 8 月 15 日

曩者驱车至明月峡，川陕公路凿石为道，近似古之阁道，十分险要。为考察古栈架木石眼，余曾沿石壁下嘉陵江石底，攀援而上时，险些失手坠死；今日见仿古栈道，犹惊心动魄也。

朝天驿下水流湍，阁道重修亦大观。
因忆当年惊险事，又经月峡看回澜。

绵州留别天富何先生

2012 年 8 月 16 日

初至绵阳，何粼粼女史引我等至富乐山，与其父母及胞弟滔滔会面，相聚甚欢；其会客处挂牌『绵阳市嫘祖文化研究中心』，知其为嫘祖研究之先导，孜孜以求，不胜感佩。将离绵阳回京，何先生亲自送至机场，因作诗留别焉。

绵州幸会上东山，笑傲幽林兴未删。
快意听君说嫘祖，心清潭影共云闲。

洛阳古墓博物馆戏题

2012年10月9日

洛阳北邙山为古墓会集之地，因水土流失，古墓多自然消亡。为保存古墓营造法式及文化艺术，洛阳将各地所发现古墓，依原物原型集中复原于北邙景陵之侧地下，据两汉、魏晋、唐宋不同时期，分成四馆。倘死后真有魂灵，必为此会馆欢欣鼓舞也。

事死如生造玉堂，孤魂依旧起彷徨。
群居或可消岑寂，故徙荒坟集北邙。

龙门石窟口占

2012 年 10 月 10 日

北魏孝文帝，建都大同，凿云冈；迁都洛阳，凿龙门。龙门石窟，孝文帝夺首功，武后居其次。推行佛教，未必皆遁入空门也，容或有政治目的。武后欲移李家政权，因倡佛教以压李唐之道教。而今人之游龙门者，大都为其精粹石雕与书法艺术而来也。

琳琅石窟满龙门，未必都因我佛尊。
游客云屯缘底事，艺文精粹醉心魂。

谒两程故里

2012 年 10 月 11 日

为考察鸣皋山，先至嵩县田湖镇，镇上有牌坊榜书『两程故里』，为明万历年间所立，距牌坊数里之遥即今人重修之两程故居，门外右侧大书『道贯濂溪』，明其理学绍承周敦颐也。程颢诗有句云：『道通天地有形外，思入风云变态中。』颇具哲理，因借句作结，以申余韵。

道贯濂溪理自同，二程绝学绍儒宗。
今来故里高山仰，思入风云变态中。

鸣皋山行

2012 年 10 月 11 日

陆浑鸣皋山，属伏牛山脉，或名九皋山，典出《诗经·小雅·鹤鸣》：『鹤鸣于九皋，声闻于野。』当是一山二名，而山民却指称二名二山，盖自下视之，乃一山两峰；自上视之，则两峰分名也。分指两山，便于区分，亦在情理之中。太白有《鸣皋歌送岑徵君》、《鸣皋歌奉饯从翁清归五崖山居》，皆送道流归鸣皋旧隐，是知太白与鸣皋山亦有深分也。我们驱车直上九皋山顶，瞩目陆浑水库，一碧万顷，颇为壮观。

谪仙当日赋鸣皋，独鹤高骞气自豪。
我到山头遥瞩目，陆浑伊水静波涛。

重访济源阳台宫

2012 年 10 月 12 日

唐开元中，玄宗为司马承祯（字子微）于天坛山华盖峰下建道观，御书匾额曰『寥阳宫』，作为修道之所。今存盘龙石柱宫殿，乃明朝重修者，雄伟壮观，堪称胜迹。三十年来，保存完好，惟当年人迹罕到，今则香火颇旺，是知四众之信仰转向佛道也。

仙宫敕建号寥阳，钦赐子微作道场。
三十年前人迹少，今来炉火竞焚香。

谒孙思邈墓

2012年10月12日

入济源玉阳山，为寻玉真公主墓，于林山庙岭意外发现孙思邈墓，称药王墓，因登庙拜谒焉。《淮南子》谓『心欲小而志欲大，智欲圆而行欲方』，孙思邈引为行医格言：『胆欲大而心欲小，智欲圆而行欲方。』意者为人处世，亦当作如是观。

济世悬壶号药王，智圆立命在行方。

林山高冢魂归处，留取芳名四海扬。

玉真公主墓口占

2012年10月12日

至玉阳山下李八庄下观村，见一所与玉真公主有关之道观。观主带我等至上观村寻玉真公主修炼之石洞与位于田野间之墓穴，洞已辟为羊圈；墓亦废作农田，有塌陷处，故知其为墓穴。未经实物考定，姑妄听之可也，要之，墓当在玉阳山一带无疑。

出身原是帝王家，却羡仙真人碧霞。
遗蜕不知何处去，独留荒垄掩泥沙。

重访汉函关

2012年10月13日

新安汉函谷关，康有为署额，有对联云：『胜迹漫询周柱史，雄关重睹汉楼船。』上句典出秦关，下句典出汉关。汉武帝时楼船将军杨仆耻为关外人，因移关于新安城外。秦汉之际，以关中为本位，故内外有别，亦门第观念使然也。

新安重访汉函关，依旧雄风半壁山。

门第只今平等视，莫分内外笑楼船。

千唐志斋重访志感

2012年10月13日

蛰庐主人张伯英之『千唐志斋』，依然向公众开放，于保存与传播中原文化，盖有力焉，令人感佩。张公原是国民革命军第二十路军总指挥，后在成都率部起义，武官而知文，是亦文武全才也。

蛰庐一洞集千碑，金石姻缘结所宜。
再到铁门观览罢，羡他文武两知几。

灵宝函谷关

2012 年 10 月 13 日

秦函谷关，汉属弘农，唐归灵宝，地名沿革，不胜缠夹，难以理清。秦中古称『四塞之国』，东有函谷关，易守难攻，即所谓『百二山河』，泥丸可封。关门设在山间，形势险要；而今于山上开辟广场，立老子巨像，注目东方，似含吾道东也之意。现代化之设施，掩盖天险之形胜，成为旅游景点。

百二秦关气势雄，依然屹立众山中。

骑牛老子过关后，立五千言道自东。

菊潭访古

2012 年 10 月 14 日

太白曾与崔宗之泛舟于菊潭，三十年前未曾一访旧迹；此行决意南寻菊潭古县。菊潭属淅川水系，后并入内乡，我们驱车进入南阳之西内乡县，于湍河之畔，见牌坊大书『菊潭古治』，是知即原菊潭县旧治也。旧时县衙，保留十分完好，为全国重点文物保护单位，游观后乃知古人治县亦有法制焉。

菊潭古治县衙存，面对湍河水不浑。

太白当年游览处，地灵人杰气絪缊。

张衡墓前作

2012年10月15日

张衡墓在南阳石桥镇小石桥村，古称西鄂，墓碑榜曰『汉尚书张公神道碑』，墓园修缮一新，并布置生平介绍，是启迪青年的好教材。张平子文学造诣很深，科学贡献更是举世皆知，是全面发展之通才，即古之所谓通儒也，令人肃然起敬。

当年刻意赋南都，故傍白河辟墓庐。
开创两仪测天地，名高千古一通儒。

南阳石桥小寨题赠田鹏

2012年10月15日

田鹏自洛阳陪同考察南阳内乡等处，谒张衡墓后，即邀至小寨家中，品尝田园风味，因想起范（式）张（劭）鸡黍故事，故前二句化用孟浩然《过故人庄》『故人具鸡黍，邀我至田家』。田鹏是诗人，有赤子之心，胸无城府，是以倾盖如故，成为忘年之交，诗以赠之。

故人邀我到田家，鸡黍情殷未有涯。

携手同行游宛洛，披襟投分醉流霞。

陵头乡桥沟村望鹿台

2012年10月15日

回车经临汝过汝州，至陵头乡桥沟村，日已向暮，于村头遥望鹿台山，山影蜿蜒浮于天际。李白于元丹丘颍阳山居所谓『南瞻鹿台』，即此山也。或说太白与元丹丘曾游此山，容或有之，却乏佐证。

汝海奔波觅鹿台，为寻仙迹踏尘埃。
桥沟村上遥瞻望，山影迷离一抹开。

嵩岳寺塔即景

2012年10月17日

嵩山峻极峰下嵩岳寺塔，号称古来第一砖塔，简体密檐，外直中空，历千年而不废，至今仍挺立于嵩岳寺侧。足见古人智商之高，非精于力学原理，则不能办也。

砖塔高标岳寺前，密檐简体历千年。
虚心自是能坚挺，的似山僧久坐禅。

二里头夏都遗址

2012 年 10 月 18 日

偃师二里头夏都遗址之发现，证实三代为信史，华夏文明又推前几个世纪，其功有足多者。车到二里头，只见一片田野，不见发掘现场，询之父老，知已回填。于办公处，见中国社科院参与发掘的许宏先生，有幸参观出土文物，因知夏代彩陶文化已达到相当高之水平，民族自豪感油然而生焉。

二里头村证夏都，一编青史见陶壶。

我来田野沉吟久，三代文明可特书。

广武怀古

2012年10月19日

驱车自高速下荥阳，至广武楚河汉界，登霸王城，见鸿沟，即刘邦向项羽索分父羹之处；山头立铸铁板焊接而成之霸王坐骑乌骓马，约二人高，仰首作嘶鸣状，的是艺术杰作。有农妇手提挎篮卖鞭炮，口中念念有词，曰：『鞭炮齐鸣，马到成功！』文其音声，而野其形貌，实有足解颐也。

时来竖子亦成名，广武厚颜索父羹。

我到霸王城上望，乌骓铁马向天鸣。

平台访古

2012 年 10 月 20 日

古平台相传乃宋皇国父为平公所筑高台，台在梁孝王苑囿之内，太白《梁园吟》『天长水阔厌远涉，访古始及平台间。平台为客忧思多，对酒遂作梁园歌』，是李白、杜甫、高适梁宋之游所经之地，如今平台镇已归属商丘市梁园区。我们到商丘，特地一访平台集市，市上人群噪杂，车行之难，可想而知。平公高台，由于黄河泛滥，早已无台可寻矣。

驱车访古到平台，一片喧腾集市开。

太白游踪无处觅，惟存诗赋赛邹枚。

见武则天金简实物于河南博物院

2012 年 10 月 21 日

1982 年发现金简，余适往登封考察，金简当时存于中岳庙，及往观之，保管人外出，因失之交臂，只见照片，并附于拙著。其后，复制品存嵩阳书院，此行于书院见之，及考察梁宋归宿郑州，始于河南博物院见金简原件，亦一了心愿也。

金轮感孕出坤元，三教合流佛占先。

秘简一枚投峻极，为求谢罪告玄天。

灵宝鼎湖湾访阌乡

2012 年 10 月 22 日

为访湖城县阌乡，驱车到灵宝鼎湖湾。离鼎湖湾湿地不远，见山头立一牌坊，大书『阌乡』二字。拾级而上，询之乡人，知阌乡已为水所淹，不复存在，居民部分迁往敦煌，部分移居于此，故立牌坊以为标志。所属湖城县，亦并入灵宝矣。

黄河湿地换新颜，来到鼎湖水一湾。

闻道阌乡淹没尽，牌坊标识此山间。

银杏之乡钱冲纪行

2012年11月20日

安陆会议结束，游览银杏之乡钱冲。车行一个小时，到达银杏谷，峡谷两旁，林木满山，遍布大小银杏，小者数年，大者数千年，奇形怪状，无所不有，已届初冬，其叶金黄，蔚为奇观。峡谷狭长而幽深，民屋数椽，时见鸡犬，的似桃花源；然游客颇多，自非世外仙境也。

一路山光出茂林，千年银杏叶如金。

恍然进入桃源洞，故任浮云变古今。

题应城汤池

2012年11月22日

白兆山会后，逗留数日，在安陆朋友支持下，考察应城玉女汤、随县仙城山、广水小寿山等处李白游踪。太白《安州应城玉女汤作》写温泉曰：『阴阳结炎炭，造化开灵泉。』是知应城在唐代已开发温泉，以供沐浴治病。今应城复利用温泉作为休闲度假村，作为会议中心，进行商业运作，颇有市场效益。而太白诗作，无疑是最佳名片与广告，是亦所谓古为今用也。

浴罢应城玉女汤，佳篇千古尚传扬。
而今借力开泉眼，度假休闲似梦乡。

车盖名亭刻石风化有感

2012年11月22日

安陆西北三十里青龙镇涡水西岸，有石形如『吕』字，名『车盖亭』。旧志云：『考青龙潭有石可亭，盖取魏文帝诗「西北有浮云，亭亭如车盖」，似为近之。』下节四周刻有奇文怪字，三十一年前来观，莫名所以；今来则风化殆尽，所立『车盖名亭之刻石重点文物保护』石碑，犹可作为『刻石』凭证也。

怪字奇文刻石亭，世人莫识亦堪惊。

此来风化无寻处，独剩苍波证古情。

访广水小寿山忆李白

2012 年 11 月 23 日

太白曾仿南齐孔稚珪《北山移文》，作《代寿山答孟少府移文书》，驳其『无名无德』之责，自谓居此已历三霜，冀如傅说、姜尚之『投竿治鹿，舍筑作相』，出山辅佐殷高宗、周文王，求孟少府援引。然而却如泥牛入海，杳无消息，故知世路之难行也。

曾寄淮南小寿山，代书长叹路行难。

地灵应是怜才杰，故令诗名满世间。

汉阳古琴台即兴

2012 年 11 月 26 日

汉阳龟山之下，月湖之畔，赵宋筑有琴台，延续至今，作为《列子·汤问》所载伯牙、子期鼓琴遇知音之遗存，以寄托士人感遇之怀抱。文化遗存总在虚实之间，寄兴深微，自足感人也。今访琴台，琴声悠悠，犹峨峨在山洋洋在水也，不觉心旷神怡。

琴声盈耳尚悠然，志在高山流水弦。

何必伤情成绝响，知音准拟在身边。

台大校园口占

2012年12月17日

台大本部无围墙，进入校门即见傅钟，乃为纪念第四任校长傅斯年先生而建者也。该校以傅所倡『敦品、励学、爱国、爱人』为校训，力求办成『华人顶尖，世界一流』大学，今已成为世界有数的名校，足见台湾之重视教育也。

台大校园响傅钟，敦行励学总朝宗。
华人尖顶深期许，禹甸海东起蛰龙。

访钱穆故居

2012年12月20日

钱穆故居位于台北外双溪东吴大学西南小山坡上，二层简朴小楼隐于榕树荫中，称『素书楼』，是著述之所，亦课徒之室也。此楼乃经国小蒋所赠，阿扁收归公有，将96岁高龄的钱老逐出小楼，两个月后即谢世，复辟为名人故居，阿扁之卤莽灭裂可知也。

古木荫中景色幽，上阶来访素书楼。
杏坛人去余香在，一代文星照海陬。

阳明山访林语堂故居

2012 年 12 月 20 日

林语堂故居，称『有不为斋』，位于阳明山腰仰德大道二段 141 号，建于 1966 年自美回迁台湾之时，为最后十年居所，1976 年谢世即葬于故居后园。

草山茂树尽扶疏，仰德道边访故居。

幽默大师成雅号，不为斋里著奇书。

南港访胡适纪念馆

2012年12月21日

胡适纪念馆包括故居、展馆、墓园，在南港区『中央研究院』。此来瞻仰其遗迹，知其有文人苏世独立之风骨，与老蒋道不同而相为谋，即其所谓『做学问要在不疑处有疑，待人要在有疑处不疑』也；当大陆展开大批判之时，三缄其口，不为辩解，是亦古人之所谓恕道，即其所谓『宽容比自由更重要』也。

疑处不疑是处疑，适之自适复何之。

飚风狂骂能沉默，的是文林一健儿。

台北孔庙听南音

2012年12月23日

台北孔庙位于大同区大龙街，创建于光绪元年，几经兴废，今仍保持祭孔大典。入庙观瞻，见市民作乐酣歌，有唱南音者，邀余同唱，年迈荒废，未敢献丑，然闻唱《山险峻》乡音，倍感亲切。

万仞宫墙是建标，大龙孔庙郁岧峣。

我来闻唱南音曲，无限乡情似海潮。

题台南延平郡王祠

2012年12月23日

台南延平郡王祠，日据时期改称开山神社，位于台南中西区，是纪念郑成功复台的重要遗迹。祠内未曾悬挂康熙皇帝为郑成功所撰挽联：『四镇多贰心，两岛屯师，敢向东南争半壁；诸王无寸土，一隅抗志，方知海外有孤忠。』而题诗首联乃截取其联语，以概括郑成功事迹与精神。

两岛屯师争半壁，一隅抗志有孤忠。

恰如入海虬髯客，别辟新天启大东。

垦丁鹅銮鼻灯塔

2012年12月24日

鹅銮鼻又名南岬，位于屏东县恒春镇，为台湾岛最南端，是巴士海峡、台湾海峡、太平洋分界线。光绪八年建灯塔，有『东亚之光』的美誉。驱车到垦丁最南端，遥望大海，观看此白色灯塔。

垦丁有鼻号鹅銮，一望汪洋浪送寒。
坡上孤标白灯塔，百年风雨立南端。

台南赤嵌楼感怀

2012 年 12 月 26 日

赤嵌楼在台南，即荷兰占领时所建普罗民遮城，汉人称赤嵌楼、番仔楼、红毛楼，与热兰遮城互为犄角，控制台江内海。郑成功于此与荷兰签约，收复台湾，并置承天府于此。

荆榛开辟逐红毛，更建承天府第高。

赤嵌楼中观史迹，东南海岛尽风涛。

安平古堡吊郑成功

2012年12月26日

荷兰人所建热兰遮城，郑成功更名安平镇，因称安平古堡。郑成功病逝于城内，郑氏三代，皆以此为治所，故亦称王城。古堡废弃，移此地之砖筑成亿载金城炮台。

国姓复台续大明，热兰遮堡改安平。
大星陨落赍前志，赢得千秋颂德声。

阿里山行

2012 年 12 月 27 日

阿里山在嘉义市东 75 公里处，东接玉山最高峰，山上为森林所覆盖，千年古木甚多，至有三千岁者，号称神木。日据时期，日人所斫数围古木，其树桩在森林中随处可见，是阿里山一大劫也。

阿里山中故事多，澄潭姐妹泛清波。
林间神木三千寿，引得游人共颂歌。

清泉访三毛故居

2012 年 12 月 29 日

三毛本名陈懋平，或称陈平，浙江人，1991 年去世，卒年四十八岁。是独立不迂的狷介女性，曾流浪世界各地，最后隐居五峰乡桃山村清泉 262 号，几乎与世隔绝，在岑寂中著述、翻译，以耗其余年。其作品有《滚滚红尘》《梦里花落知多少》《温柔的夜》等。因访张学良故居，故顺道一访三毛故居，为落花一叹！

红尘滚滚遍天涯，梦里落花满藁街。

寂寂桃山留故宅，游人驻足吊裙钗。

台北老北京涮羊肉离筵口占

2012 年 12 月 29 日

离台前夜，秀美、晓平、凰凰、梦麟、鹤年、秀莲诸亲人，在台北老北京涮羊肉店饯行，酒过数巡，激情涌动，感慨随之，言笑犹不足以发泄，因纵情放歌，离席起舞。此情此景，短章自无法表达其万一也。

台北离筵涮火锅，深情厚意暖心窝。
因知别后分遥海，醉舞酣歌笑语多。

论书次韵杜甫《戏为六绝句》

2013 年 4 月 27 日

近接学界乡长辈陈祥耀先生寄来的《喆庵书法选第六集》，本集附录其《当代论书绝句》十八首，对于当今书道种种，有所讽焉，切中时弊。心有所感，因次韵杜甫《戏为六绝句》吟成六首。

其一

追名逐利急求成，要路攻关意气横。
笔法未谙耽炒作，画符如鬼学狂生。

其二

晋帖魏碑各有由，抑扬褒贬未曾休。
兼融或可开新路，力健韵深合胜流。

其三

退笔如山未足豪，神来万卷韵通骚。
匠人亦自谙绳墨，终是戾家下郤曹。

其四

千年翰墨绍王公，变雅扬风气自雄。
解道传承能转化，墨池龙起上云中。

其五

识得皮毛作解人，效颦应笑彼东邻。
莫从色相分优劣，辨味方知脱俗尘。

其六

冷暖自知必不疑，净窗独立更依谁。
偶然兴到书之也，笔底琴声似旷师。

沉痛哀悼陈德芳老师

2013 年 6 月 29 日

德芳师仙逝，作诗悼之。次韵稻圃主人《悼念陈德芳先生》。

沛然雨布起云耕，润物随风岂慕名。
忆昨清溪施绛帐，感时白屋念苍生。
门栽桃李香无主，笔走龙蛇字有声。
此去仙乡留鹤影，恩深师友总关情。

后记：

附录稻圃主人黄福强《悼念陈德芳先生》：『砚田湛默苦耘耕，桑梓书坛独擅名。绛帐春风施后学，玄宵冷月忆先生。龙蛇漫卷苍茫气，桃李同悲哽咽声。立雪程门犹历历，前尘激涌剧伤情。』

滴血教堂

2013 年 7 月 13 日

亚历山大二世宣布废除农奴制，准备立宪，在圣彼得堡被反对派炸死，因立此教堂，以作纪念。

史迹班班发秘藏，废奴政令出君王。
忽遭复辟奸邪剑，滴血勋名立教堂。

叶卡捷琳娜宫殿

2013年7月13日

彼得大帝为皇后叶卡捷琳娜所建宫殿，其后成为叶卡捷琳娜一世、二世执政的宫殿，附有英国式园林，俗称皇村。今已被列为世界文化遗产。

盛朝女后亦称雄，金碧辉煌叶氏宫。

应逊娲皇补天手，独留华屋引游踪。

普希金公园口占

2013 年 7 月 13 日

在皇村入口处为普希金公园，塑有普希金铜像，颇引人注目。

一代诗人百代吟，栩然铜铸普希金。
我来驻足低回久，如此音容不可寻。

赫尔辛基感怀

2013 年 7 月 16 日

芬兰首都赫尔辛基濒临波罗的海，城里湖泊星罗棋布，是世界公认的美丽城市。在沙俄、瑞典南北夹击侵吞的过程中，竟岿然独立，且文化商贸都很发达，真堪庆幸也。

南北侵吞值数奇，岿然赫尔合辛基。
政商文教能兴盛，小国芬兰壮海湄。

西贝柳斯公园

2013年7月16日

西贝柳斯是芬兰伟大音乐家，其《芬兰颂》传遍世界。为纪念这位音乐家，女雕塑家希尔图宁在公园里塑造了两个杰作，一是以600多长短不齐的钢管雕塑成管风琴模样的巨大艺术品，一是西贝柳斯的雕像。因此，世界游人纷纷慕名而来，奇迹！

西贝柳斯展逸姿，百千钢管作神碑。
音诗传遍芬兰颂，独立精神举凤旗。

豪华游轮赴瑞典

2013年7月16日

下午乘车到图尔库，晚饭后登上豪华游轮，开往瑞典。游轮先是在万千绿岛中穿行，后来驶向大洋，在船舷上可以看到无限的海上风光。进入船舱安睡，一觉醒来，便到达瑞典的斯德哥尔摩。

夜上游轮作远航，波罗的海淼苍茫。
万千绿岛如棋布，一觉醒来过莽洋。

松恩峡湾

2013 年 7 月 19 日

松恩峡湾是挪威最大的峡湾，也是世界上最长、最深的峡湾，全长达 240 公里，最深处达 1308 米。主要由花岗岩和片麻岩构成，重重叠叠的群山，环绕波光粼粼的水面，气势非凡，景色壮丽，确是游观胜地。有小木教堂的点缀，更富于神奇色彩。

峡湾长者数松恩，岩上飞流洗厚坤。
小木教堂雷达尔，犹堪游客醉心魂。

丹麦长堤公园鱼美人

2013年7月21日

美人鱼雕像，位于哥本哈根东北部长堤公园，是一座世界闻名的铜像，人身鱼尾，坐在一块巨大的花岗石上，恬静娴雅，悠闲自得，是丹麦雕刻家爱德华·艾瑞克森根据安徒生童话《海的女儿》铸塑，成了哥本哈根的象征。

沧溟自古出鲛人，美女鱼身合蚌珍。
丹麦长堤盘石上，潮流相拜会仙真。

安徒生铜像

2013 年 7 月 21 日

安徒生曾在哥本哈根新港酒吧街居住过，早年住 20 号，晚年住 18 号，又曾住河对岸向阳的 67 号，我们只到酒吧街看了 20 号和 18 号。又在大街旁瞻仰童话大师安徒生铜雕坐像。

操割生涯向未来，童蒙启智本心开。
犹留经典传中国，皇帝新衣别剪裁。

柏林墙

2013 年 7 月 22 日

二战后德国分为东德、西德，柏林分为东柏林、西柏林。冷战时期，东德修建柏林墙，阻止东西居民随意往来，闹出许多笑话。苏联解体，德国统一，墙体拆除，只留一小段作画廊。人们经常捉弄历史，历史也会捉弄人，一切都成了笑话。

东西分隔起高墙，防越御侵各有方。
冷战遗存成笑柄，一朝推倒见时康。

克里姆林宫

2013年7月23日

克里姆林宫，共有四座城门和十九个尖耸的楼塔。曾是苏联首都，今天又是俄罗斯的总统府（议会和政府现已迁出克里姆林宫）。享有『世界第八奇景』的美誉，是旅游者必到之处。

游观克里姆林宫，宗教人文饶古风。
犹带农耕山野气，苏俄近古始枭雄。

雨花台寻高座寺

2013 年 10 月 11 日

高座寺，原名甘露寺，始建于东晋，在南京雨花台（梅岗），太白诗《登梅岗望金陵赠族侄高座寺僧中孚》有云：『谈经演金偈，降鹤舞海雪。时闻天香来，了与世事绝。』询诸雨花台导游，竟不知有高座寺；寺乃2011 年复建，就在烈士陵园之侧。

寻踪又上雨花台，曲径徐行踏绿苔。

忽见芳园高座寺，谪仙曾此品香来。

莫愁湖谒胜棋楼

2013 年 10 月 11 日

胜棋楼在莫愁湖华严庵内，相传为朱元璋与大将徐达对弈处，以徐达胜棋而得名。

华严庵内胜棋楼，徐达手谈亦胜流。
仰止高山聊一拜，莫愁湖上水悠悠。

观九华上无相寺太白诗碑

2013 年 10 月 13 日

前不曾访无相寺，此行先访下无相寺，闻道诗碑在上无相寺，因驱车至陀头岭下寻唐末王季文书堂改寺之处。上无相寺住持果富禅师为我等出示新旧太白诗碑，旧者刻于明成化间，新者为清代道光时所复刻。

早闻无相谪仙诗，寺壁依稀尚有碑。
今日禅房细推究，是非真假自堪疑。

半山堂即兴

2013 年 10 月 15 日

王安石所居的半山园，今在海军指挥学院校园内，其故居门前立王安石塑像，其侧小山上建半山亭，虽已陈旧，却仍足以挡风遮雨，环境十分幽美。或说半山亭即谢公墩，故王安石有诗云：『我名公字偶相同，我屋公墩在眼中。公去我来墩属我，不应墩姓尚随公。』《警世通言》有文《拗相公饮恨半山堂》，王诗《雨过偶书》：『谁似浮云知进退，才成霖雨便归山。』可知其进退裕如，何饮恨之有！

何曾饮恨半山堂，行雨归来自主张。

亭下残碑依旧立，名垂千古尚流芳。

茅山圣境

2013 年 10 月 17 日

茅山华阳洞是道教所谓第八洞天，以西汉茅盈、茅固、茅衷三兄弟结伴修道得名。南朝陶弘景在此修道，创立上清派，继起有唐王知远、潘师正、司马承祯、吴筠、李含光，直至元丹丘、李白等，都和茅山道流有着师承关系。

茅君福地起山灵，开辟仙宗启上清。
太白游踪曾到此，道流相继尽菁英。

访滁州醉翁亭

2013 年 10 月 18 日

欧阳修醉翁亭，坐落在安徽滁州琅琊山麓，山以人传，人以文传，以有苏轼手书欧公《醉翁亭记》传世，因与北京陶然亭、长沙爱晚亭、杭州湖心亭合为四大名亭。四周山清水秀，幽雅宁静，赏心悦目，滁州新城也疏朗有致，给人留下美好印象。

山果环滁一色青，平生首访醉翁亭。
幽清闲雅多真趣，苏字欧文有颂声。

江宁汤山方山地质公园

2013年10月20日

火山喷发，堆成方山，形如印章，故亦名『天印山』。岩浆覆盖山上为玄武岩，如今辟为方山地质公园，免费向游人开放，然景区秩序井然，环境清净，是真所谓天然胜境也。

坤灵一怒喷岩浆，造就方形古印章。
细辨云根勘地质，满山林木散清凉。

圯桥感怀

2013年10月25日

圯桥为张良进履受书之处，黄石公在此授之《太公兵法》，以此佐刘邦夺取天下，事见《史记·留侯世家》。今之圯桥乃淹没之后重新修建者，原与水闸合二而一，新近另建新桥，拟辟为旅游景区。桥下已非沂水，而是马邦大沟。又于桥旁建留侯祠，作为旅游新景点。

圯桥一上仰英风，进履受书运命通。

为有战功传史册，下邳千古说遗踪。

枚乘书院观后

2013年10月25日

枚乘书院在淮安市淮阴区，为纪念乡人汉辞赋家枚乘而建，书院外有巨石镌刻毛泽东手书枚乘《七发》全文，院内清静幽雅，濒临运河，风景秀丽。

淮安故里传文统，书院门高仰峻崇。
辞赋张扬屈子风，一篇七发谏书同。

访安宜白田故地

2013 年 10 月 26 日

太白《赠徐安宜》诗云：『白田见楚老，歌咏徐安宜』；又有《白田马上闻莺》诗云：『垂老客未归，白田已缫丝』，知太白确曾游历白田。今宝应运河边安宜镇白田村，当即其故地。原白田小学有『闻莺诗社』，今小学已被合并至他处，无从拜访矣。

安宜南郭运河流，白也曾经此地游。
柳岸闻莺歌政肃，清风名望历千秋。

高邮文游台吊秦少游

2013年10月26日

高邮文游台，原为东岳行宫，立于东山之上。州志载，苏轼过高邮，与王巩、孙觉、秦观论文于此，郡守以群贤毕聚，颜曰『文游台』。秦观为高邮人，故今台以纪念少游为主。高邮之文化底蕴，于此可见一斑。

谪去郴州不胜悲，文游台上记儿时。

黄金铸就少游像，故里声名尽口碑。

谒雷塘隋炀帝陵

2013年10月27日

隋炀帝初葬吴公台下，唐高祖下令迁葬雷塘，位于邗江槐二村。隋炀帝杨广堪称文武全才，执政之初，国力强盛，以征高丽耗资太大，以致国祚不长，被谥为『炀』，备受诟骂。按谥法：逆天虐民曰炀，离德荒国曰炀。然其开科场，凿运河，实有功于后代。

黩武穷边消国力，固因短祚谥隋炀。
选才有道辟科场，南北通河启运航。

后记：

1981年10月23日，上蜀冈访迷楼，作《古迷楼》诗云：

『观音山上古迷楼，炀帝当年乐此游。回望雷塘埋骨处，西风落叶正深秋。』

登新建栖灵寺塔

2013年10月27日

太白《秋日登扬州栖灵塔》诗云：『宝塔凌苍苍，登攀览四荒。顶高元气合，标出海云长。』其塔早毁，仅剩『栖灵遗址』牌坊，新近又建栖灵塔，因到大明寺，登上九层高塔，四望扬州，亦属丑女效颦也。

太白栖灵塔上游，风流文采照千秋。

效颦我亦登新顶，极目周边叠叠楼。

敬亭山太白独坐楼口占

2013年10月31日

宣城西北敬亭山，今非昔比，满山茂林，辟为游览景区，山上原太白楼遗址，重建『太白独坐楼』，取其《敬亭山独坐》诗：『相看两不厌，只有敬亭山。』经景区管理处协助，让我们的小车开上山顶翠云庵，拾级而上，不远即独坐楼。当年宣城朋友许愿建楼，果真兑现了。

可怜独坐每生愁，漂泊浮沉数十秋。
只有敬亭看不厌，倾心一咏足风流。

题响山公园

2013 年 10 月 31 日

当年考察宣城，朋友在敬亭山挥手一指，谓前面即响山，只见一小山，空无一物，也就不曾去看一看； 而今已建成响山公园，我们驱车到宣城气象站，其侧即响山，公园虽小，却很雅致。 太白曾应『英王胄』之邀，于重九登上响山，故此间自有太白足迹也。

漫步响山忆谪仙，人生失落记当年。
班班史迹公园里，化作鲜花竞斗妍。

武梁祠汉画像石

2013年11月16日

嘉祥武梁祠已辟为汉画像石博物馆，其石刻与河南南阳风格迥异，各有千秋，都是不可多得的瑰宝。孙青松先生带我们仔细欣赏双阙和众多画像石及其拓片，流连忘返，以至到了下午二时才吃中饭，这就是艺术的魅力。

嘉祥汉画武梁祠，镌刻精工尽出奇。
儒道神仙多变幻，千秋忠孝共雍熙。

兖州金口坝即兴

2013年11月19日

三十二年前到兖州考察，图书馆孙华舵先生以为沙丘与瑕丘乃一音之转，推定太白移家东鲁，即居兖州。拙著《太白游踪探胜》即取此说，后为学界所公认。此来重访青莲阁、金口坝、石门、尧祠、沙丘、南陵诸遗迹，并与文化界朋友商讨李杜行踪，一起到博物馆观看有关沙丘和石门的碑石，进一步落实此前的论断，亦人生之快事也。

谪仙移鲁此安家，送客尧祠傍水涯。

多谢兖州文翰辈，高明举证定瑕沙。

题中都故邑碑

2013 年 11 月 21 日

汶上古称中都，有『中都故邑』碑。孔子于鲁定公时宰中都，政余设教，开堂讲学。李白移家东鲁，曾游中都，诗有《酬中都小吏携斗酒双鱼于逆旅见赠》，感谢小吏『意气相倾两相顾，斗酒双鱼表情素』，可知其沉沦之状也。

孔丘曩昔宰中都，儒学斯兴属本初。
太白曾经交小吏，沉沦漂泊曳长裾。

和稻圃主人《甲午泉州元宵花灯》叠旧韵

2014年2月14日

老来随处可安家，习静萧闲怕大哗。
遥想故园思益友，近听响炮品香茶。
萦怀沉甸惊苍狗，搔首稀疏看白花。
又是桑莲开盛会，灯光和月足清华。

后记：

附稻圃主人《甲午泉州元宵花灯》（2014年2月14日）：

甲午元宵，泉州筹办灯会，以彰东亚文化之都风采，日本横滨、韩国光州亦选送花灯共襄盛举。是夜，恰逢西方情人节，绿女红男结伴游赏，柔情四溢。因步东海先生原韵，得七律一首乞正：『舍小家期乐万家，红男绿女竞喧哗。文都灯火如清昼，侨客乡心胜酽茶。弦管飞声盈月夜，星辰列队绽诗花。剧怜稚子荧屏外，独赏鱼龙颂物华。』

题萱堂画像七律一首

2014年4月5日

上世纪八十年代初，美编室伍端端女史应余不情之请，为家萱堂画像，以慰私念。清明时节，远客京华，无由扫墓，因题诗一首，以示凭吊焉。在此谨向画家端端表达深切的谢意！

节届清明暗自伤，仰瞻画像念萱堂。
怀绷哺育何从报，教学担挑怎敢忘。
宽厚依仁多善蕴，劬劳据德独慈祥。

身传古训儿孙辈，乡里口碑带稻香。

参观尼亚加拉瀑布

2014 年 4 月 15 日

尼亚加拉瀑布在北美东北伊利湖和安大略湖之间尼亚加拉河上，是美加两国的分界线。由三个瀑布组成，即加拿大马蹄瀑布、美国瀑布和新娘面纱瀑布，瀑布落差达百米以上。我们乘着大巴，冒着寒风，来到瀑布之前，先看新娘面纱瀑布，再步行到马蹄瀑布细看，美国瀑布与之并流，浩浩荡荡的河水，冲刷着白云岩，极其壮观。飞瀑声响若雷，『尼亚加拉』者，印第安语，意即『雷神之水』，果不其然也！

天河倾泻落枫加，白练横飞激浪花。
一阵雷声回谷响，烟光幻化作奇霞。

过金斯顿游观千岛湖

2014 年 4 月 16 日

车行向蒙特利尔进发，到金斯顿用午膳，而后到千岛湖边眺望。原拟乘船游湖，因雪后天寒，船家不发船，只好立岸观望。所谓千岛湖是安大略湖流入圣劳伦斯河的河湾，湖中多小岛，各岛绿树掩映，不同风格的别墅隐现于绿林之中，是富人借以避暑的天堂。

水碧波平一大湖，绿侵千岛散明珠。

临风岸帻披襟望，始觉仙家境绝殊。

游观圣约瑟夫教堂和圣母教堂

2014年4月17日

自皇家山乘11路公交车到山麓，步行拜谒耶稣之父圣约瑟夫教堂，规模宏伟，又十分精致，环境优美，但游人并不很多。看了圣父教堂，我们又乘地铁到中国城，在附近观看了圣母教堂，领略了西方的宗教情结，亦似《老子》所谓『上善若水，水善利万物而不争』。在地铁中问路，多遇好心人，以此可知也。

基督双亲立教堂，一城胜迹发灵光。

修仁积善多遗爱，以此斯民品味香。

舟游瞻仰自由女神像

2014年4月19日

由新泽西车行穿过林肯隧道，到曼哈顿码头，乘游轮观瞻纽约闹市区高楼大厦，并驶近哈德逊河口附近的自由岛，瞻仰那『照耀世界的自由女神』。自由女神像为巴托尔迪所作，是法国赠送美国的礼物，表达两国友谊，成了美国自由的象征。

女神圣像立嵯峨，高唱自由一曲歌。
手执宣言擎火炬，船游瞻仰激洪波。

华盛顿方尖碑

2014 年 4 月 20 日

方尖碑即华盛顿纪念碑，仿埃及方尖形制，南北战争前完成 50 米，战后竣工，高 169.3 米，立于国家草坪中心。从各个方向都可以看到方尖碑，是华盛顿城市的地标建筑，为全城制高点，象征华盛顿在美国历史上的崇高地位；是一座无字碑，以示华盛顿的功绩是无法用语言文字表达的。

草坪矗立方尖碑，四处观瞻尽妙姿。

纪念高人华盛顿，千秋功德永光熙。

机中俯视大峡谷即景

2014 年 4 月 21 日

自华盛顿乘机飞往拉斯维加斯，从机窗俯视科罗拉多大峡谷，神奇而壮观，为之一振，真是造化！

客机飞度科罗拉，眼底云团似雪崖。

峡谷逶迤深浅处，惊奇壮丽在谽谺。

游观科罗拉多大峡谷

2014年4月22日

科罗拉多大峡谷位于美国亚利桑那州西北部科罗拉多高原，1919年，威尔逊总统将大峡谷地区辟为『大峡谷国家公园』。大峡谷山石多为红色，从谷底到顶部分布着从寒武纪到新生代各个时期的岩层，层次清晰，色调各异，并且含有各个地质年代的代表性生物化石，又被称为『活的地质史教科书』。科罗拉多河从大峡谷谷底流过。在奇险的崖岸俯视谷底的深蓝色河流，小舟如叶在水面飘荡，别是一种神奇景致。

入谷风高碎石多，耶稣雅树满山坡。
崩崖豁谷深千尺，亘古奇观似睡魔。

好莱坞星光大道

2014 年 4 月 24 日

好莱坞星光大道（Walk Of Fame）位于加州好莱坞。超过 2500 枚五尖水磨石及黄铜的『星星』，镶嵌在人行道上。『星星』代表着对娱乐圈有杰出成就的人的永恒纪念，记载着他们的名字。我们乘地铁来到星光大道，观看部分『星星』，也看了看好莱坞的外景，体验这洛杉矶著名的人文景区。

探奇游览好莱坞，满地星光大道殊。

此日兴来聊拜访，百年影帝出名珠。

温哥华史丹利公园

2014年4月25日

史丹利公园，又翻译为斯坦利公园，北临巴拉德湾，西临英国湾，是世界闻名的市内公园。公园中，耸立着原住民所制几根形状不一的印第安木刻图腾柱。以红杉等针叶树木为主的原始森林是其最知名的美景。其北端，是横跨海湾的狮门大桥的一端。狮门大桥与旧金山的金门大桥并称，是连接温哥华市与西温哥华和北温哥华的交通要道。

古木森森翠色寒，图腾标柱立花坛。

公园漫步抬头望，山海飞桥尽大观。

西雅图即景

2014 年 4 月 27 日

西雅图是美国西北部最大的城市，毗邻太平洋。官方别名为『翡翠之城』，气候温润，四季如春。山峦、平地被密密的、几近原始的森林所覆盖。而在环绕着城市的青山之中，又错落地隐藏着几十个大小不等的湖泊。树木蓊郁，草地青葱。位于市中心的太空针塔，是美国西北太平洋沿岸地区的一座主要地标，其上瞭望台和旋转餐厅里可以360度地观看西雅图的全景。

翡翠山城映茂林，海滨矗立太空针。
下视澄湖华盛顿，高桥大道似横琴。

初见幼孙喜赋

2014年5月4日

赤子本精诚，悬弧节日生。
天庭恒饱满，眉眼复端清。
手脑其勤快，箕裘克指成。
望京初见面，喜气载心旌。

后记：

附玉麈轻麾天然斋诗《贺林家生子》：『德赛日昌明，清和万汇萌。金牛迎马到，白矢向弧横。子女成双好，花林不独荣。祥麟初露角，济美振家声。』

奉题沙予兄《海角梦华录——钓翁澳洲手记》

2014年7月11日

沙予（许德政）由厦大入复旦研究生班，比不才高两届，是为学长；1979年离开中国社会科学院文学研究所移居澳洲，业余多以钓鱼莳花为乐，而未废笔耕，不时写些杂文随笔。香港天地图书有限公司所刊《海角梦华录——钓翁澳洲手记》，为其《醉醺醺的澳洲》之后的又一部力作。

浮生聚散似云流，判袂都门卅五秋。

林下优游梳异卉，笔头雅谑诮神丘。
倒翻万卷从驱使，倾泻六情任自由。
读罢低眉长太息，梦中临海羡飞鸥。

大名府旧城即景

2014年8月8日

大名市标为一方古鼎，上书『鼎鼎大名』，风趣而别致。古城重修一新，由青砖垒成，登上城楼，市容尽收眼底。此地为前魏州所在地，赵宋改为大名府，作为陪都，史称『北京』。

古鼎高横示大名，门楼雉堞一城青。
此间原是繁华地，赵宋陪都号北京。

谒狄仁杰祠堂碑

2014年8月8日

武周万岁通天元年，狄仁杰由彭泽调任魏州刺史，击退奚契丹，安抚百姓，次年回京复位，因为之立祠堂碑。碑额题『大周狄梁公祠堂之碑』，元和重修，改『大周』为『大唐』，此为唐碑，今存半截。

断碑记祀狄梁公，不朽其先颂立功。
施政惠民当要务，为官一例古今同。

邺城遗址博物馆

2014 年 8 月 13 日

邺城曾是曹魏、后赵、冉魏、前燕、东魏、北齐六朝古都，北朝的政治、经济、文化中心。一般以正统观念推重南朝，北朝不够重视，其实推动朝代更迭，多起于北方。邺城皇宫居于中轴线的布局，常为尔后各朝所借鉴，成为建都的轨范。仅此一点，也就有足多者！

邺下六朝作帝都，人文军政此中枢。

漳河引水环城郭，轴贯皇宫辟范模。

昆明池遗址断想

2014年8月27日

汉武帝元狩三年，凿昆明池以习水战。池在城西沣水、潏水之间，池址附近有石雕牛郎织女和石鲸。即杜诗所谓『昆明池水汉时功，武帝旌旗在眼中。织女机丝虚夜月，石鲸鳞甲动秋风』。故址在今西安长安区南丰村、石匣口村、斗门镇和万村之间，芦苇丛生，一片荒凉，有重修昆明池的规划，恐怕很难实现。

帆影碧波化苇丛，更无鳞甲动秋风。

神驰故迹低回久，大汉苍波似梦中。

题石渠阁

2014 年 8 月 29 日

石渠阁在未央宫前殿西北，是汉中央政府最早的图书馆和档案馆。据说萧何以此保存秦朝遗留的书籍。阁周有清流环绕，以防火灾，石渠阁也由此得名。汉代曾在此举行讨论经学的会议。

萧何造阁集秦书，清水逶迤绕石渠。

会议群经开道统，鸿儒学说各分疏。

平凉游崆峒山

2014年9月2日

崆峒山，属六盘山支脉，自古有『西来第一山』之称，是天然植物王国。传说五千年前轩辕黄帝于此问道于广成子，道风特盛，故又称『天下道教第一山』。

轩辕设祭上崆峒，文脉相承饶道风。
卓笔峰前叩玄鹤，此间仙圣任从容。

与天水文艺界朋友共聚茗龙轩乌龙宫

2014 年 9 月 2 日

午后自平凉驱车五个小时始达天水。天水位于甘肃东南，是秦的发祥地，唐为秦州，今属县(区)有秦州、秦安等，都留下秦的印记。相传此间为伏羲、女娲、轩辕的出生地，有『伏羲故里』之称，是亦神话之信史化也。晚上李茏召集天水文艺界朋友二三十人，于茗龙轩乌龙宫聚会，品茗交谈，向我们介绍杜甫在天水的行踪，并弹琴吹埙，其乐融融，西北人之豪爽，给我留下深刻的印象。

天水文朋聚一堂，琴声埙韵共悠扬。

披襟畅叙怀诗圣，最爱真情比茗香。

题天水北山隗嚣宫

2014年9月4日

隗嚣，天水成纪人，西汉末年起兵反王莽，割据陇右，成为与刘秀抗衡的武装力量。后为东汉所败。相传曾于天水北山建立皇宫，即皇城，俗称隗嚣宫。杜甫《秦州杂诗》云：『胜迹城北寺，传是隗嚣宫。苔藓山门古，丹青野殿空。』驱车盘道直至北山上，攀援上山巅，只有稀疏的小柏树和颓败的城垣，即杜公所谓『丹青野殿空』也。

乱世英豪敢搏风，隗嚣逐鹿起陇中。

争雄问鼎鸿图破，独剩北山一亩宫。

谒李广墓

2014 年 9 月 4 日

李广墓为衣冠冢，在天水南郊，垣墙门额题『飞将佳城』，墓前有蒋中正所题『汉将军李广之墓』，墓前石马已失头颅，而神态犹存，讲解员说，所以此地叫『石马坪』。李广是失意英雄，古来义士多为之扼腕叹息，史迁为之立传，是以彰显后世。

称雄谁似故将军，却是难封百战勋。
石马抛头犹作伴，千秋义士吊孤坟。

访仇池国遗址

2014年9月5日

仇池山位于陇南西和县南境大桥乡，四周红岩石壁，险要无比，汉水由西北绕山南下，洛峪河从东南沿山麓汇入汉水，形成三面环水之势。杜甫《秦州杂诗》云：『万古仇池穴，潜通小有天。神鱼今不见，福地语真传。』似乎是途经仇池之所耳食者，而未曾登上那如在云端的仇池古国。

路转峰回数百旋，仇池古国尽云烟。

丛林鸡犬鸣天外，恰似桃源好种田。

游观《西狭颂》

2014 年 9 月 6 日

《西狭颂》，即《汉武都太守汉阳阿阳李翕西狭颂》，俗称《黄龙碑》，正名《惠安西表》，在成县抛沙镇丰泉山(天井山)鱼窍峡中，刻于东汉建宁四年六月，是吏民颂扬李翕治理西狭险道所立的褒功摩崖，是汉代三颂(《石门颂》《郙阁颂》《西狭颂》)中保存最完好的一颂。我们入峡，循栈道搜寻，终于在中峡看到《西狭颂》原刻，保存十分完好。

天井山中峡谷深，悬空栈道细幽寻。

摩崖西狭褒功颂，书法雄奇惠士林。

雨中上青泥岭

2014 年 9 月 7 日

青泥岭又称巾子山，位于徽县东南二十公里，在甘肃徽县和陕西略阳境内，《元和郡县图志》云：『悬崖万仞，山多云雨，行者屡逢泥淖，故号青泥岭。』我们登岭，恰逢下雨，为寻古道，每双鞋都沾满泥淖，的是难行。岭头立有牌坊，上书『仙圣诗踪』和『青泥名岭』，此间山村十分漂亮。

青泥险路果盘盘，蜀道古今共畏难。

仙圣诗踪何处是，雨中上岭看重峦。

紫柏山访张良庙

2014 年 9 月 8 日

汉留侯祠，即张良庙，坐落在秦岭南坡紫柏山麓，是道教全真派圣地。张良出生于城父（今安徽亳州东南），祖与父相继为韩国相，秦灭韩，为复仇，因有博浪沙椎秦之举；逃往下邳，圯桥遇黄石公，得兵法，以助刘邦。汉立国，张良功成身退，相传隐于紫柏山潜心修道，辟谷成仙。我们从汉中驱车赴宝鸡，途经留侯祠，停车游览，以示瞻仰。

山中学道赤松子，圯上受书黄石公。

紫柏峰前身隐退，游人参拜仰高风。

寻访岘山

2014 年 10 月 22 日

一般言及岘山，多指岘首山（即下岘），在襄阳城东南。前度考察，只见一小山包，山头犹见堕泪碑；不远的汉江滨即渔梁渡，隔江可望鹿门山。此来襄阳城垣大都摧毁，竟找不到岘首；几经询问，或指虎头山即岘山，驱车往探，正在动工修建这所谓『岘山』。心疑原岘首山已被铲平，在加油站问一路人，证实已平为大道，但很少有人知道。纪念羊祜的堕泪碑等文物自然要迁到新岘山，真是『人事有代谢，往来成古今』（孟浩然《与诸子登岘山》诗）。由此可见，历史真迹和文化遗存，原不是一回事。

寻访襄阳堕泪碑，人云山近习家池。

谁知岘首能行走，谷变陵移更不疑。

重访米公祠

2014年10月22日

米芾宝晋斋原在樊城内，并不大，前度考察曾见到米芾第二十七代孙米高秦；此来见米公祠濒临汉江，扩展成一个庭院，有多个展室，据说米高秦并其子米克勤均已谢世，米家人也都迁出宝晋斋。然而原先所见米字依旧展出，还有所增加。

车到樊城宝晋斋，卅三年后我重来。
裔孙相继西归去，米字似花照旧开。

玉泉寺礼佛

2014年10月22日

玉泉寺在玉泉山东麓，与南京栖霞寺、长清灵岩寺、天台国清寺并称『丛林四绝』，传为智𫖮大师隐居此处时所建，大师后移钵国清寺，创立天台宗。韩国佛教天台宗在此立碑谓『天台宗智者大师隐居处』。如今香火远胜三十三年前之所见，是亦信仰有别也。

山似覆船气韵雄，玉泉佛寺启宗风。
千年古木同神化，香火明标济世功。

重游宜昌三游洞

2014年10月23日

三游洞在西陵峡口下牢溪与长江构成的半岛上，是半圆形的小洞穴。唐白居易、白行简和元稹曾在洞中休憩过，称前三游；宋苏洵、苏轼和苏辙也曾游过此洞，称后三游。前度考察，由白帝东下，过三峡，在陡山沱停船，乘港务局的班车到宜昌，路过三游洞，曾停车一观。洞不大，空无一物。而今作为游览景点，装扮一新，也确是观光的好去处。

洞中先后记三游，元白苏家尽胜流。

莫道文人无是处，古来风韵足千秋。

万寿宝塔即景

2014年10月25日

万寿宝塔，又名接引塔，位于荆江大堤观音矶头，明嘉靖年间所建，八面七层，由于长江堤岸不断升高，有一层陷入地下。前度考察不见底层，今经清理周围土层，可下底层参观。现辟为城市公园，增添回廊和景观，与花木相映，秀美幽静，称『万寿园』。

浮屠七级立江干，灯塔功能一例看。

万寿园中布新景，江轮稳稳过前滩。

寻访隋唐饶阳古县城址

2014年11月15日

太白有《赠饶阳张司户燧》一诗，当是北上幽州之行时所作。唐天宝之后，饶阳城在今饶阳里满乡固店村之北、大城北村以南，这里曾称鲁口城，是古来兵家必争之地，传刘秀曾在这里打过仗，并筑内外城，有饮马扳倒井之说，井竟成了历史遗存。我们由今饶阳县沿省道西南行，至五公镇转向西，再行十来公里，才到固店村。村里老乡已不知鲁口城，只叫城头，是一大片种植苹果和杏的果林；扳倒井在村西南角，已经夷为平地。李白在饶阳的足迹，应就在这片果林之中了。

追踪太白到城头，情寄饶阳共一游。

固店夷平扳倒井，人间万事水东流。

吊汉荣兄姚学长

2014 年 12 月 1 日

汉荣学长是研究庄子的，今年四月廿七日他谢世后，我脑子里不时浮现学长的音容，不时回味与学长的交情，几十年的交往，端的如庄子所说『君子淡以亲』。在复旦，我除了读书，万事不关心，而他是干部，忙碌得很，连话都没多说，可我们从来就彼此关心，互相帮助，他对我很看重，我对他很尊重，一份兄弟般的情感，都珍藏在各自的心里。

凛然正气赋流形，海岳胸中草木青。

心性善良倾地耳，眼光敏锐赛天星。
精神振奋传三统，文史潜研破六经。
炉火金身成百炼，一轮皓月转沧溟。

次韵玉麈轻麾迎新感赋

2014年12月31日

如流岁月浪翻舟，疏导有方即善谋。
蛮触纷争蜗角上，星球漫转日边陬。
常持快意欺烦恼，但使清心必解忧。
舍得金龟沽美酒，年年好运总当头。

后记：

附玉麈轻麾原玉：『临歧筑室若虚舟，猿鹤虫沙各道谋。

始拥金山浮水面，终观白虎入笼陬。股盘色赧惊龙蛰，峰会天青缓杞忧。马去羊来成曼衍，相期喜鹊报枝头。』

附默缘堂周奉真和诗：读林先生《送旧迎新》诗，步韵敬复：『卅年湖海任虚舟，回首沉浮愧俊谋。佳节喧阗连昼夜，故交寥落散隅陬。谁堪物序成今古，惟向醉乡齐乐忧。南国梅花孕新萼，北天冰雪压峰头。』2015年1月2日午后。

附香港刘卫林先生和诗：东海词丈与宋红女史赐示辞旧迎新琬琰谨次韵奉和：『萧散还如不系舟，拙疏谁识稻粱谋。蹉跎书剑无长策，笑傲山川擅一陬。子美清怀能远我，易安高唱解忘忧。南窗乐有新年愿，嘉友相思共白头。』

次韵奉酬香港友人刘卫林乙未羊年贺岁诗

2015年2月20日

岁除惊爆竹，万国看华人。
尘俗多因旧，世情重创新。
农桑循节气，花卉发芳春。
古老神州地，千秋庆瑞辰。

后记：

附刘卫林乙未羊年贺岁诗：『乙未迎嘉岁，天涯念故人。
应怜沧海隔，复对柳烟新。淑气舒荣木，莺声暖早春。清樽期后会，吟醉共芳辰。』

卫林敬和东海先生宋红女史赐和大作：『开岁饶佳兴，唱酬欣郢人。诗涛嘉谊旧，吟思旷怀新。彩笔凝光气，华章庆好春。相从因气类，琬琰属良辰。』

咏泉州

2015 年 1 月 10 日

泉州在宋元时期为全国主要商港，是海上丝绸之路的起点之一，也是东南沿海的一座文化古城。今则号称东亚文化之都，又称泉南佛国，佛道交相辉映，素有海滨邹鲁之誉，传统文化与海洋文化相结合，形成泉州既传统又开放的人文特色。

双溪晋水绕泉州，渚港万商集海陬。

南北一街成闹市，东西两塔豁明眸。

桑莲正法张慈善，佛道崇虚控寂幽。
更喜三唐文统在，号称邹鲁自风流。

拜见陈珍珍先生

2015 年 1 月 11 日

此日出开元寺西门，路近平水庙陈珍珍先生府第，因前往探视。她适从大士林回泉州，幸得一晤，叙谈一个多小时，九十六岁高龄，依然耳聪目明，深得观音护持也。

弘公塔寄清源山，私淑门生力仰攀。

南下偶探平水庙，欻然缘分见颐颜。

拜谒双亲墓

2015 年 1 月 12 日

从泉州回三堡老家，途经双亲坟墓，因停车祭拜焉。两位苦命的老人，辛辛苦苦支持儿辈读书，一切都献给国家，然而他们又得到什么呢？据说得到不少花圈。呜呼！

周匝草木苍，孤坟据土岗。
焚香聊慰藉，致意暗摧伤。
未答劬劳苦，犹存泽润芳。

儿孙游四海，行迹带恩光。

谒白云寺

2015年1月14日

放牛上山，曾饭于白云寺；大年三十，过年到白云寺；高考前夕，复习在白云寺。一切都得到白云寺尼姑的关心和照顾，那慈善的举止，深深铭刻在青少年时期的心间，乃至影响终生。

钟声响暮空，净域梵王宫。
绿树披纱帐，苍山舞玉龙。
有怀持钵客，曾作牧牛童。

谁识三生理，万殊一法中。

安溪蓬莱重游清水岩

2015年1月15日

道教在闽南，自宋以后，传说多有世俗真人修炼而成神仙者，南安诗山有郭忠福修炼成广泽尊王，居凤山寺；南安眉山叶森修炼而成惠泽尊王，居云龙寺；安溪蓬莱成荣祖修炼而成清水祖师，居清水岩。所居之处，之所以称寺、称岩，则又与佛教合流矣。道佛双修，是亦泉南文化之特色也。清水岩，十多年前曾拜谒过，此来见增设石板广场，更加壮观了。

岩石架空设广场，千年老树认香樟。
虔心重谒乌师殿，茶品圣泉韵味长。

游永春达理山

2015年1月18日

永春大吕山，宋理学家朱熹为题『达理名山』四字，因易名为『达理』，是亦朱子之所用心也。为寺称名山岩，为观称达理仙祠，依然佛道双修。山头有巨大石雕观音像，可知佛缘更胜一筹。

永春耸翠尽奇峰，达理名岩上碧丛。
瞻仰观音石雕像，争相合影俏群童。

拜见陈祥老

2015年1月27日

昨晚从泉州诗词学会得知陈祥耀老先生当晚自福州回泉州，喜出望外，原以为此次回闽见不着祥老，深以为憾；听说回泉州，此日即与稻圃主人福强前往拜见。先生逢凶化吉，病愈归来，兴致依然很高，滔滔不绝，叙论多时。其所著《清诗选》发现两处小疵，在福州病中还写信给宋红女史，嘱重印时改正。其治学之严，可想而知也。

化吉南来果耀祥，高谈风雅面生光。

陶公采菊弘公颂，隐显归真福运长。

漫游泉州崇福寺

2015 年 1 月 28 日

位于松湾古地的崇福寺，与开元寺、承天寺合称泉州三大丛林。此地有应庚塔、大洪钟、千人鼎等重要文物，环境幽深，入寺闲步，有清凉之感。到此真可以除热恼，所以每次来泉州总要入寺清理一下心情。

漫步入禅林，幽然境界深。
铜钟余逸响，石塔尚高临。
僧饭千人鼎，寺传八德音。

松湾成佛国，法正大悲心。

家山村野闲步

2015 年 2 月 1 日

童年无拘无束，经常逃学，四处游戏，钓鱼、捕鸟、捉蝉、摸虾，无所不为，也无所畏惧，曾于石桥上见一出洞老虎蹲在山下溪边，距离只三四十米，高声一喊，把它吓跑了。与天然斋村里村外闲步，指认当年行迹，勾起七十年前的诸多回忆，感慨系之矣！

闲来信步漫追寻，犹记钓鱼水井深。
识得蒙童逃学处，行经福眼捉蝉林。

板桥曾见山君面，祠宇时惊烈祖心。
七十春秋如梦幻，人生浪海任浮沉。

题天然斋新著《中国酒文化丛谈》

2015年4月17日

悠悠禹甸酒飘香，仪狄丰功压杜康。
举爵举尊关社稷，成仁成礼作津梁。
文坛泉涌添诗胆，战地杯贪卧醉乡。
最是人生娱乐处，忘怀世事独行觞。

跋尾

儿时好吟诗，每逢月白风清之夜，必与群童相聚于屋前场圃，轮流吟诗，以所吟首数多寡定胜负，如赛诗焉。以此，争相背诵古诗，所背诗，多出自《千家诗》与《唐诗三百首》，于是与古典诗歌结下姻缘。及至初中，萌发作诗念头，然无师可拜，不知门径；忽见同桌携来一册袖珍本《诗律》，开本极小，篇幅极短，借来翻检两日，知有『一三五不论，二四六分明』口诀，又知平仄相间、相对、相黏规律，以及押韵问题。在此期间，曾读过一本闽南语拼音字典，曰《汇音》（读如『类音』），知闽南语分清浊两组『平上去入』，共八声，属中古语音，故近古虽『入派三声』，辨别不难。因试自作诗也。虽然稚拙，却大体合律。上复旦大学中文系，听张世禄师所开『诗律』课，拜读王力先生《汉语诗律学》，对诗律了解有所深入，知口诀『一三五不论』，贻误后学非浅。尝与启功先生论及此口诀，先生言『一』可不论，『三』或须论，如五言诗，『五』大体要论，确是经验之谈。及出校园，作格律诗便较为老到矣。

与聂绀弩先生言及写诗，聂先生谓作诗总爱拿给人看，听听意见。此乃诗坛普遍现象。互相交流，引发互相唱和。青少年时期，我写诗便多与同好交流唱和；及到人文社，遇上周公汝昌，则常以诗代简，互相唱和，以通音问。彼此所作诗，类皆信手拈来，一挥而就。虽少有嘉什，却练就捷才。上世纪八十年代初，应聘编撰彩色文库《诗人李白》，考察太白游踪，未暇详写日记，是以决定于车上、枕上作诗代之，以助记忆。倘无快捷之才，自是无法办到，因为考察任务繁重，时间紧迫，不容仔细推敲。书画家林锴先生读了拙著《江河行》，与音乐家杨牧云先生相约到寒舍论诗，盛赞不才诗写得快；我回答，快是快，也是『诗多好的少』，倘有好句，却是得江山之助。古人旅游登览，不乏好诗，所以杨万里说：『闭门觅句非诗法，只是征行自有诗。』陆游也说：『君诗妙处吾能识，正在山程水驿中。』意皆出于刘勰所言：『若乃山林皋壤，实文思之奥府。』自思一路写来，确实深得江山之助。考察之余，写了二百六十多首诗，《江河行》选了一百六十余首。进入廿一世纪，决定出国旅游，重访李杜游踪，奔波六年，再次藉江山之助快捷作诗，蒐入诗囊。至今计平生所作诗，不论工拙，约一千多首。虽不算多，也不算少，作为学人，有此篇幅，亦非易易也。

辱承新疆师大老校长薛天纬先生举荐，中国人民大学老校长纪宝成先生支持，『敬斋当代古典体诗词丛刊』第一辑约为编集刊行，因从一千多首中遴选三百八十多首，以作诗先后编次，略存鸿爪泥迹，并向诗家求教。谨在此向薛天纬先生与纪宝成先生致以诚挚的谢忱。老同窗、老诗友陈君允吉先生为撰大序，一并致以由衷的谢意。人民大学蒋利华先生，岳麓书社王文西先生，对拙作的出版，备加关注，付出辛劳，亦谨致谢忱，并乞谅察。

乙未端午于京华清风馆　林东海

图书在版编目(CIP)数据

清风吟萃/林东海著.—长沙:岳麓书社,2019.9
ISBN 978-7-5538-1050-8

Ⅰ.①清… Ⅱ.①林… Ⅲ.①诗集—中国—当代 Ⅳ.①I227

中国版本图书馆 CIP 数据核字(2018)第 271006 号

QINGFENG YINCUI
清风吟萃
作　　者:林东海
责任编辑:管巧灵　王文西　邱建明
责任校对:舒　舍
封面设计:风格八号

岳麓书社出版发行
地址:湖南省长沙市爱民路 47 号
直销电话:0731-88804152　0731-88885616
邮编:410006
岳麓书社网址:www.yueluhistory.com

2019 年 9 月第 1 版第 1 次印刷
开本:640mm×960mm　1/16
印张:35.25
字数:245 千字
印数:1—2 000
ISBN 978-7-5538-1050-8
定价:68.00 元

承印:长沙鸿发印务实业有限公司

如有印装质量问题,请与本社印务部联系
电话:0731-88884129